刀語（カタナガタリ）

第八話

微刀・釵

西尾維新

BOOK & BOX ORIGINAL DESIGN by VEIA

刀語

第八話

微刀・釵

插畫：竹
書法：平田弘史

序章

■ ■

初時尚有百人，不久後便只剩五十。

時代變遷，世代交替，人數只是有減無增。

五十人變為二十五人，

二十五人變為十三人，

十三人變為七人，

七人變為四人，

四人變為兩人，

而兩人又變為一人。

一百個人變為一個人，費了一百七十年。

一百條命變為一條命，費了一百七十年。

不難推測，餘下的這一人不久後亦會殞身滅命。這事是他這個當事人再明白不過的。

代代承傳的物事與肩負的重任全都要結束在自己手上。

他心知肚明，卻打定主意枯守故里，直至身死之時。這是他身為最後一人的責任。

這等於什麼也不做，然而以他一人之力，又豈能回天？也只能如此了。

或許怠惰，或許窩囊；

但他始終以為苟延殘喘便是他的任務與使命。

他既無野心，也無意報仇，徒然而活，茫然待死。

他對人生絕望，對世界失望，這種活法對他而言，便如嚴刑拷打；可是他卻毫不遲疑地選擇了這種活法，成為屈服於狂風暴雨、寒雪酷暑之人。

然而——

「我要否定。」

那名女子卻對他如此說道：

「我要否定你的活法，否定你的生存價值。你的活法窩囊至極，是天下間最差勁、最丟臉的。你以為這樣很了不起麼？這樣你便滿足了麼？可笑！」

那女子毫不客氣，不住口地譏笑他。

「像你這樣的人便是愚夫愚婦的範本，真該製成標本供人觀察。瞧瞧你的活法，是何等浪費生命！何等浪費生命啊！還不如死了算了。你以為這樣便能守住什麼？」

女子又說道：

「也罷。我要否定你，絕不對你有一絲一毫的肯定。我最厭惡你這種人啦！根本是自我滿足與自我陶醉的活例子，教人瞧著便火大。不過若是你不以為忤……」

女子續道：

「我倒也不是不願用你。」

這句話是雙重否定。

「我就賜給你一個『不』字吧！」

■　■

一月。

丹後・不承島——對手・真庭蝙蝠。
目標・絕刀「鉋」——得手。
二月。
因幡・下酷城——對手・宇練銀閣。
目標・斬刀「鈍」——得手。
三月。
出雲・三途神社——對手・敦賀迷彩。
目標・千刀「鎩」——得手。
四月。
周防・巖流島——對手・錆白兵。
目標・薄刀「針」——得手。
五月。
薩摩・濁音港——對手・校倉必。
目標・賊刀「鎧」——得手。
六月。

蝦夷・踊山——對手・凍空粉雪。

目標・雙刀「鎚」——得手。

七月。

土佐・護劍寺——對手・鑢七實。

目標・惡刀「鐚」——得手。

支配了戰國亂世的傳奇刀匠四季崎記紀所鑄的十二把完成形變體刀，乃是一統天下的舊將軍傾全力亦無法得手，然而如今奇策士咎女卻集得了其中七把。

餘下的刀尚有五把——

微刀「釵」！

王刀「鋸」！

誠刀「銓」！

毒刀「鍍」！

炎刀「銃」！

在著手蒐集這五把刀之前，咎女班師回朝，返回尾張；然而她無暇休息，隨即又啟程集刀去了。

前情提要便到此為止。

武俠刀劍花繪卷。

精彩絕倫時代劇。

刀語中段結束，第八卷於焉展開！

一章
奇策府

■ ■

江戶不要湖與蝦夷踊山、陸奧死靈山俱是幕府劃定的一級災害區，不過不要湖與另外兩地卻略有不同。

第一，不要湖不是「山」，而是「湖」——正確說來，從前它曾是片「湖」。

第二，踊山與死靈山雖然荒涼偏僻，卻還有凍空一族與神衛隊等「人」居住，但不要湖卻是杳無人煙。

不要湖與上述二山雖然同列一級災害區，不過性質上卻與因幡沙漠相近；至少就環境嚴苛這一點上，可說是相去不遠。

說歸說，尾張幕府家鳴將軍家頭一個劃為一級災害區的，卻是這座位於江戶內地的不要湖。

時值盛夏，日正當中，有三人行於險峻的街道之上。

領頭的是個身著西裝的男子，這人頭戴面具，身形瘦長，腰間佩有一對大小刀劍，面具之上寫著「不忍」二字。男子默默無語，喜怒不形於色，全然不顧身後兩人，逕自邁步而行。

他便是左右田右衛門左衛門。

居中的則是一名上身赤膊、一頭亂髮的男子。他是三人之中身材最為高大者，雖然穿著樸素，醒目的程度並不遜於領頭的右衛門左衛門那身西裝面具。只見他走路時左顧右盼，顯得百般無聊。

他便是鑢七花。

居末的則是名白髮女子，一身錦衣華服，醒目程度更勝身著西裝面具的右衛門左衛門及赤膊長身的七花；那頭齊肩的白髮在日光照耀之下閃閃生光，正是她的標誌。女子踩著雪屐，走在七花半步之後，與他相偎而行，臉上神色卻是大為不快。

不消說，她便是奇策士咎女。

若說這三人是結伴同行，右衛門左衛門與其餘兩人之間的距離似乎又嫌過大；然而這段距離，正顯示了他們三人之間的關係。

尾張幕府家鳴將軍家直轄稽核所總監督幫辦——左右田右衛門左衛門。

尾張幕府直轄預奉所軍所總監督——奇策士咎女。

虛刀流第七代掌門，奇策士咎女的寶刀——鑢七花。

「哼！」

這三人已沉默了好一陣子，奇策士咎女按捺不住，終於出聲；她的口氣與表情一樣，皆是大為不快。

她對著前方的右衛門左衛門說道：

「話說回來，右衛門左衛門兄，爾的主子還是一樣折騰人啊！可真苦了爾，得在日本全國各地東奔西走。」

「『不勞』。」

聽聞咎女諷刺，右衛門左衛門並未回頭，只是如此回道：

「不勞奇策士大人擔心。奇策士大人如何我不知，不過對我而言，這一點兒路程算不上什麼。」

「哦！是了，爾的老本行是忍者嘛！自然是跋山涉水慣了。」

咎女譏諷道：

「對啦！說到這事，我才想起爾也曾偷偷摸摸地跟著我們四處遊走，確實不勞我擔心。不過爾來替我們帶路，尾張的主子不就落單了？爾身為總監督幫辦兼護衛，人卻離開尾張，難道不怕那婆娘遭遇危險？」

「這事亦是『不勞』。」

咎女刻意說這番話來擾亂右衛門左衛門的心神，但他卻不為所動。

「我們主子和奇策士大人不同，鮮少樹敵——不，整個尾張城中與主子為敵的只有一人，而這人既然在此，主子自然是安全無虞。我只要跟緊奇策士大人，便是善盡了護衛之責。」

「………………」

夾在中間的七花聽著他們倆脣槍舌戰，默默無語。咎女顯然視右衛門左衛門為敵，而右衛門左衛門語氣雖然平和，但聽他一番話語，對咎女似乎亦是無甚好感；不過這三人結伴同行，最不自在的卻是鑢七花。

自今年年初開始集刀以來，咎女與七花幾乎都是兩人為伴，並無旁人同行。從七花自幼生長的無人島不承島，到因幡、出雲、周防、薩摩、蝦夷與土佐皆然。

可是到了土佐，這個身著西裝、頭戴面具的男子——左右田右衛門左衛門卻突然出現，領著他們倆前往劍客的聖地——以十萬把刀鑄成的刀大佛聞名的鞘走山清涼院護劍寺。而這個月他又打頭陣，帶領他們前往江戶的一級災害區不要湖。

七花暗自猜測，帶路應是右衛門左衛門的藉口。

過去咎女與七花為了集刀，也去過各種危險的地方；舉凡因幡沙漠、蝦夷踊山等人單勢孤者不宜前往之處，咎女和七花都是單槍匹馬便闖了進去。所以無論不要湖是個什麼樣的地方，只消看看地圖，他們便能前往，根本用不著旁人帶路。

可右衛門左衛門卻不辭勞苦地打頭陣，想必是為了監視而來。

不錯，右衛門左衛門的主子交付給他的任務並非帶路，而是監視咎女二人。

正因為七花有此猜測，才感到老大不自在。試想，被人一路監視的旅程，又豈能自在？

決計不是因為右衛門左衛門打擾了他與咎女的獨處時光才感到不快。咎女與右衛門左衛門脣槍舌戰片刻之後，便停止鬥嘴（這種沒營養的對話當然無法持久），沉默再度降臨於三人之間。

見狀，七花出聲說話了。

「我說右衛門左衛門大哥啊，咱們要去的不要湖是個什麼樣的地方啊？都沒人向我解說過呢！」

「『不須』。」

右衛門左衛門簡潔有力地答道，彷彿老早決定若是七花有此一問，便要如此回答。

「『不須』解說，鑢七花。所謂百聞不如一見，你見了便會明白。妳說是不是？奇策士大人。」

「別徵求我的贊同。」

咎女啐了一聲，又道：

「不過這話的確沒錯。七花，不要湖是個難以言喻的地方，即便我說明了，只怕爾也難以想像全貌，不如親眼見識要來得省事許多。」

「唔……可那兒和粉雪住的踊山一樣，是一級災害區吧？」

「不錯。」

咎女點頭。

「不過我個人以為就生命危險這一節上，不要湖尚不比嚴寒至極的踊山。」

「那是因為妳捱不住寒，奇策士大人。」

右衛門左衛門斷然說道，依舊是頭也不回。

「我沒同爾說話！」咎女回嘴，但她捱不住寒，在踊山險些凍死乃是事實，是以反駁時的語氣弱了一些。

右衛門左衛門說道：

「不要湖是個不宜人居、寸草不生之處。我對宗教興趣全無，不過卻認為所謂魔界，便是用來形容這種地方。」

「魔界？」

七花覺得他這個字眼下得古怪。不過是無人居住，用魔界二字形容未免太過誇張了。照這種說法，七花自幼生長的不承島是個無人島，豈不也成了魔界？

「那倒是。」

聽了七花反駁，右衛門左衛門極為乾脆地收回前言。

「不過即便稱不上魔界，也算得上異界了。其實這回我也是頭一次前往。」

「是嗎？」

「畢竟不要湖與死靈山、因幡沙漠不同，並非在幕府的管轄之下。幕府曾數度嘗試收歸轄下，卻次次以失敗收場；因此現在的不要湖是如何模樣，無人能知。」

「那地方沒辦法管啊？」

「無法管轄，管了也沒意思。」

七花問的是右衛門左衛門，回答的卻是咎女。右衛門左衛門正要開口回答之時，咎女便硬生生地打斷了他。

「爾也聽說過了吧？踊山有凍空一族居住，死靈山有神衛隊駐守，但不要湖卻是杳無人煙。如這個人所言，不要湖是個不宜人居之處。」

「嗯……」

「還有，七花。」

咎女說道：

「別和這個人說話。」

「…………」

原來咎女便是為了說這句話而插口。

七花只覺得啼笑皆非，沒想到咎女居然如此敵視右衛門左衛門。

其實咎女真正敵視的並非右衛門左衛門，而是右衛門左衛門的主子否定姬。

「呵！」

右衛門左衛門輕輕一笑，咎女察覺，便逼問道：

「有什麼好笑？」

右衛門左衛門不過是笑了一聲，咎女實在犯不著斤斤計較；可是咎女一面對右衛門左衛門，就變得格外衝動。

她對上真庭忍軍時亦是這般態度。與真庭蝙蝠碰面之時，真庭鳳凰呼喚之時，以及碰上真庭狂犬、真庭川獺之時皆然；咎女一見真庭忍軍，便方寸大亂，冷靜全失。

咎女曾被真庭忍軍背叛，要她見了「叛徒」還能保持冷靜，或許是強人所難；不過否定姬只是與她為敵，並未背叛她，她為何如此激動？七花只覺得不可思議。

論立場，否定姬與過去的變體刀之主——宇練銀閣、敦賀迷彩及校倉必等人不也差不多？

聽說咎女與否定姬屢次對立爭鬥，而否定姬雖被鬥垮了好幾回，卻總能東山再起。

七花聽聞此事時，便覺得否定姬這百折不撓的精神與咎女頗為相似；而在尾張實際會過否定姬之後，更證實七花所見無誤。

咎女與否定姬性情相近，卻因而相斥。這兩個人天生便是水火不容，為不為敵倒不是關鍵了。

人——

「…………」

七花是把刀。

在不承島上，七花的爹便是把他當成一把活生生的日本刀教養；七花認為自己與四季崎記紀的十二把完成形變體刀能有所共鳴，便是緣於此故。

眼下他亦是以一把刀的身分效忠於奇策士咎女。

鑢七花即是奇策士咎女的寶刀。

而眼前的男子，尾張幕府家鳴將軍家直轄稽覈所總監督幫辦，原為忍者的「不忍右衛門左衛門」——左右田右衛門左衛門，則是否定姬的寶刀。

——與我相同。

右衛門左衛門與七花一樣都是刀，然而七花卻不像咎女厭惡否定姬一般厭惡右衛門左衛門。

右衛門左衛門打擾七花與咎女獨處，確實令七花不快（唉呀！不小心說出了真心話）；然而，他對否定姬的一片赤膽忠心卻也引起了七花的共鳴。

這共鳴不是發自於七花的刀身，而是發自於七花的人心。

咎女與否定姬作對，又懷著顛覆幕府之心，終有一天，七花勢必得和右衛門左衛門一戰，而這一天想必不遠。

思及此，七花反而覺得現在是個大好機會。他可得趁機掂量右衛門左衛門這個老牌忍者究竟有幾斤幾兩重。

「虛刀流掌門。」

正當七花尋思之際，右衛門左衛門突然轉過身來；他面對七花說話，腳下卻沒停歇，倒著繼續走路。

「和你這麼一問一答，倒讓我想起了有件事尚未請教。」

「什麼事？」

「喂！右衛門左衛門兄，別擅自同我的刀說話，我可沒准許爾這麼做。」

右衛門左衛門尚未「發問」，咎女便先插口，可說是滴水不漏；見她防己如防賊，右衛門左衛門忍俊不禁，在面具之下微微一笑：

「奇策士大人好大的醋勁兒，這麼不滿自己的刀去注意別人嗎？」

「我幾時這麼說了！」

咎女一下子便中了激將法。

七花向來以為在任何時候與狀況之下都能沉著冷靜、從容鎮定的人才能成為策士；不過咎女並非策士，而是奇策士，或許這般易於激動才是恰到好處。

「好，好！沒想到爾居然以為我心懷妒意？七花，無論他問什麼，爾照答便是！」

「照答便是……？」

咎女這道命令可說是相當冒險。

當然，如今的七花已頗諳世事，聽得出咎女的言下之意。若是換作二月時的七花，鐵定會說出不該說的話語來。

此時的咎女雖然衝動易怒，但畢竟還是咎女，狀況盡在掌握之中，當真是履薄冰而從容不迫，臨深淵而面不改色。

右衛門左衛門重啟話題，喚道：

「虛刀流掌門。」

他依然倒著走路。

「過去與你交手的變體刀之主——真庭忍軍十二首領之一真庭蝙蝠、下酷城城主宇練銀閣、三途神社掌理人敦賀迷彩、日本第一高手錆白兵、鎧海賊團船長校倉必、凍空一族的凍空粉雪，以及你的親生姊姊鑢七實——上述七人之中，誰的武功最為高強？」

「…………？」

這可真是個怪問題。

現在問這個做什麼？七花滿心疑惑，右衛門左衛門則繼續說道：

「當然，看了奇策士大人的奏章，不難推測孰強孰弱；不過奏章畢竟是依奇策士大人一己之見而寫下，還是該請教實際上陣的虛刀流掌門有何看法才是。」

「哦……原來如此。」

「鑢七實居首，錆白兵居次，應是無庸置疑；不過接下來的排名，我可就好奇得緊啦！」

「這個問題是爾的主子提的？」

咎女插口問道。

她雖然准許右衛門左衛門發問，卻不肯袖手旁觀，千方百計阻撓七花與右衛門左衛門說話。咎女該不會是真的吃醋吧……？

「『不否』——奇策士大人大可這麼想。我的所作所為全是為了主子，再無其他理由。」

「……如何？七花。」

這回輪到咎女轉向七花。

「這個問題我也頗感興趣。爾別管當時苦戰與否，也不必保持客觀，按照爾的看法直說便成。」

「我最不愛動腦筋啦！」

說著，七花開始思索。

論武功高下，確實如右衛門左衛門所言，是鑢七實居首，錆白兵居次，然而剩下的卻是難分軒輊。即便欲以苦戰與否來評比，七花的勝利俱是得來不易，自然是無從比起。

不過真要勉強排出個順序來麼——

「真忍的蝙蝠應該是排在第三吧！」

「真忍？」

聽了這個稱呼，右衛門左衛門面露不解之色。

這麼一提，七花還是頭一次在右衛門左衛門面前用上這個暱稱。

「真庭忍軍四字太長啦，所以我把它省略了。」
「哦……原來如此。」
右衛門左衛門恍然大悟。
聽說右衛門左衛門原為忍者，莫非與真庭忍軍亦有關連？聽他說話的語氣，不像是出身於真庭忍軍。
「虛刀流掌門將真庭忍軍十二首領之一真庭蝙蝠排在錆白兵之後，又是何故？真庭蝙蝠乃是你初戰對手，縱使勝之不易，只怕也是緣於你實戰經驗不足，並非是他有過人之處。」
「不，正相反。奏章上怎麼寫，我不清楚；不過我能贏蝙蝠，正是託實戰經驗不足之福。」
咎女為了面子，奏章裡必是加油添醋，縱非胡扯瞎謅，也定然有所遮掩；因此七花點到為止，並未把話說白。其實若他真說溜了嘴，咎女也會及時阻止的。
「如果要我現在與蝙蝠決戰，結果如何便難說啦！真忍的十二首領我也見過好幾個，他們的忍術果然厲害，根本沒法子對付。當然啦！若是我姊姊上陣，情況又不同了。」

七花說道。

鑢七實連戰真庭忍軍的三個首領俱是大獲全勝，確實不可同日而語。

不愧是排名第一的高手。

「嗯，那麼排名第四的是誰？」

「敦賀迷彩。」

七花答道：

「千刀流著實了得，雖說迷彩的招數須得有千刀『鎩』方能使出——不，真正厲害的，該是她那不遜於咎女的奇策。我最怕人家出奇招啦！」

「嗯，這排名還算中規中矩。」

咎女贊同道：

「不過若是我，會將迷彩排在第三。」

「至於第五嘛，唔……應該是宇練銀閣吧！」

拔刀術高手，下酷城城主，獨自居住於因幡沙漠的劍客——宇練銀閣。

「和他那一戰也最是驚險。當然啦，那是我第二場實戰，又是啟程集刀後的第一仗，苦戰亦是在所難免；不過即使換作現在，那招拔刀術『零閃』仍是莫大的威脅，而他的絕對領域更是棘手。」

「的確，若是少了下酷城這個絕對領域，或許當時不至於苦戰若此。嗯……這麼說來，七花，排名第六便是凍空粉雪，而第七則是校倉必了？」

咎女猜道。

「嗯。」

七花點頭。

咎女猜得半分不差。

「校倉和粉雪都是不使手段，與我正面較量；尤其是校倉，甚至接受了不利於他的條件。雖然粉雪與校倉的實力在伯仲之間，不過我畢竟輸給粉雪一次，若要排名，也只能以粉雪為先，校倉為後了。」

「爾還為了這件事耿耿於懷啊？」

咎女啼笑皆非。

「我不是教爾別把過去的敗北放在心上麼？」

整理過後，排名便如下列所示。

排名第一，鑢七實。

排名第二，錆白兵。

排名第三，真庭蝙蝠。

排名第四，敦賀迷彩。

排名第五，宇練銀閣。

排名第六，凍空粉雪。

排名第七，校倉必。

當然，這只是七花的個人之見。

「原來如此，我懂了。唉呀，真可謂一目了然啊！」

聽完了七花的一席話，右衛門左衛門說道：

「換言之，除了鑢七實與錆白兵這等絕世高手之外，虛刀流掌門最不擅應付的便是使計之人。」

「…………！」

這句話對於七花而言，有如當頭棒喝。

不錯，從七花的排名看來正是如此。

倘若單純較力，真庭蝙蝠及敦賀迷彩絕不及凍空粉雪與校倉必；然而七花覺得棘手的，卻是蝙蝠與迷彩。

其中原因，便在於他們並不正面較量，而是運計鋪謀，出奇制勝。宇練銀閣的絕對領域亦有同工異曲之妙。

「你方才說校倉和粉雪都是不使手段，正面較量；不過一般比武，豈有不使手段的道理？使計取勝乃是理所當然。你與錆白兵及鑢七實交手之時，奇策士大人不也出了不少計？」

「哼！」

一聽見右衛門左衛門提起自己，咎女便立刻說道：

「別因為點出了這等細枝末節便沾沾自喜，我早發現了。」

「…………」

咎女姑娘，妳這話只怕沒人肯信啊！七花本欲回嘴，但轉念一想，或許咎女真的早已發覺，便住了口。

「是啊！所以虛刀流掌門才少不了奇策士大人，正如我少不了主子一般。」

右衛門左衛門一個轉身，又轉回了正面。

右衛門左衛門為何問起這個問題？七花暗自思量，立刻想到了一種可能。咎女與否定姬對立，七花與右衛門左衛門將來勢必一戰；七花懂得趁機掂量右衛門左衛門的斤兩，右衛門左衛門自然也會把握機會，找出虛刀流第七代掌門的弱點。

倘若真是如此，右衛門左衛門豈不是不費吹灰之力便達成目的了？

——不打緊，我有咎女啊！

如同右衛門左衛門所言，以咎女的智計彌補七花的弱點，可說是綽綽有餘。

「『不須』。」

右衛門左衛門宛如看穿了七花的心思，說道：

「虛刀流掌門不須為此憂心。以我這身三腳貓本領，即使掌握了弱點，也決計勝不了贏過鑢七實及錆白兵的高手。我可是誠心祈禱別和你有交手的一天呢！」

「……哼！」

咎女目光凌厲地瞪著右衛門左衛門，顯然對他的一番話有所懷疑。

「既然如此，爾便該教爾的寶貝主子別來礙我的事。她要幫忙，我還不樂意呢！」

「是，不過我不認為主子肯採納我的意見就是了。如此這般，虛刀流掌門，你該提防的是其他物事。」

「其他物事？」

「到了。」

直行片刻，來到轉角之後，右衛門左衛門便硬生生地打住了話頭，說道：

「前頭便是不要湖。」

一級災害區——江戶不要湖。

一個破銅爛鐵堆積而成的廣闊平原。

■　■

七天前。

鑢七花在劍客聖地土佐鞘走山清涼院護劍寺奇蹟式地勝過了他的親生姊

姊——前任日本第一高手，殺盡真庭忍軍蟲組三首領、凍空粉雪之外的凍空一族及死靈山神衛隊，人稱怪物的鑢七實——成功奪得了第七把刀惡刀「鐚」，然而接下來卻遭遇了瓶頸。

奇策士咎女在啟程集刀之前，便已掌握了絕刀、斬刀、千刀、薄刀、賊刀及雙刀等六把完成形變體刀的下落，而這六把刀均已得手。

至於餘下的六把刀，咎女亦非全無斬獲。

與真庭忍軍實質上的領袖真庭鳳凰結盟之後（與叛徒真庭忍軍結盟，實非咎女所願），真庭鳳凰透露江戶及天童各有一把四季崎記紀的完成形變體刀，然而咎女卻是半信半疑。

雖然將鑢七實的消息告知咎女的亦是真庭鳳凰，但這並不代表其言可信。真庭鳳凰這麼做，純粹是為了真庭忍軍的利益著想；因為天下間除了親生弟弟鑢七花之外，無人能勝過鑢七實這號怪物。

事實上，若七花並非七實之弟，想必是贏不過七實的。

如此這般，七花與咎女只得暫且返回家鳴將軍家的大本營——尾張城。

原本咎女在出雲三途神社奪得千刀「鎩」之後，便打算班師回朝；然而之後先有錆白兵下戰帖，後遭校倉必欺騙，最後又殺出了鑢七實這個程咬金，導致回尾張的計畫一延再延。

如今他們終於回到了尾張。

七花對於尾張的第一印象，便是嚴整二字。

若論繁華熱鬧，尾張顯然不及七花登上本土以後首次造訪的京都；然而或許是由於幕府管理之故，尾張城顯得極具威嚴，不但格局雄偉，道路也十分寬闊。

「因為這座城是特別規劃過的。」

咎女說明道：

「尾張的布局，乃是以防震為目的。爾瞧，屋舍均不相連，是不是？過去曾有人預言此地將有大地震，是以如此布局，以防地震之時混亂。」

「啊？那家嗚幕府還敢把這種地方當作根據地？」

「別擔心，在我們有生之年，地震是不會起的。再說我也不信預言。」

「我想也是，命運是自己開拓的，是吧？」

「不對。」

咎女笑道：

「命運是自己胡謅的。將成功歸功於命運，才不會遭人怨妒；將失敗歸咎於命運，才不會自暴自棄啊！」

七花聞言，不由暗自贊同。原來如此，這話倒是真理。

走入官坊之後，只見道路更顯得渾樸雄壯，不愧是幕府高官要人居住之地，就連向來優哉游哉的七花也忍不住緊張起來。

尾張給他的印象異於他過去造訪過的任一座城市；官坊對面應該便是尾張城，與因幡下酷城的規模又是大不相同。

——那便是咎女辦理公務之處，亦是仇家所在之所。

思及此，七花更是緊張了。

對咎女而言，尾張是她的家鄉與根據地，卻也是敵境。

她在這塊土地上生活了十餘年，箇中滋味自是外人難以想像，自幼生長於無人島上的七花更是完全不瞭解她的心境。

望著走在前頭的咎女，七花竟不敢貿然出聲攀談。

在官坊一角有座宅邸，與這塊渾樸雄壯的土地格格不入。見了那不搭軋的宅子，七花的緊張頓時緩和下來了。

七花立刻向咎女報告：

「欸，咎女，妳瞧那座宅子，裝飾得花不棱登的，上的漆又俗豔得緊，屋頂上還安了隻莫名其妙的金鯱呢！我是沒什麼資格批評別人啦，不過沒格調的人還真是到處都有，竟然能把好好一座宅子弄得如此俗氣，我看是想出鋒頭想瘋啦！」

「那是我家。」

如此這般，奇策士咎女在離家八月之後，總算回到了府邸。

咎女雇了人代為打理宅邸，每七天都有人來略作清掃，但今天並非打掃日，是以咎女的家——人稱奇策府——空無一人。

宅邸之內與外側不同，少了股絢爛奢華之氣。

咎女啟程集刀之前，把宅邸上下徹徹底底整理了一遍；反正短時間內是回不來了，不如趁機做做樣子，對上頭的人顯示自己破釜沉舟的決心。

「我很想請爾喝泡茶，不過遺憾得很，我得立刻進宮。對不住，七花，勞爾替我看家片刻。」

稍歇過後，咎女一面更衣，一面對七花說道。她總不能穿著旅行時的裝束進宮（那身活像兩件十二單衣搭在一塊兒的裝束是否真適合旅行，又是另一個問題了）。

當然，七花不消咎女吩咐，便主動伺候更衣；這些雜事他已是得心應手。

「看家？」

七花問道：

「不是要把我引薦給宮裡的人嗎？」

「本來是這個打算，不過眼下情況略有不同。那個惹人厭的婆娘已經重掌大權，此時帶爾進宮太危險了。」

「危險？我嗎？」

「不，是我危險。」

咎女說道：

「進宮時不能帶刀。其實有右衛門左衛門在一旁虎視眈眈，這個規定反而能保障我的安全……別露出那種表情。眼下集刀進展得極為順利，為了集齊剩下的四季崎記紀之刀，我們得在尾張停留一段時日，收集情報；所以爾也得在這座宅子裡住上一陣子。」

「住在這座宅子裡？」

「對，住在這座俗氣的宅子裡。」

咎女仍懷恨在心。

「既然如此，不如趁現在熟悉環境。府裡的物品大多被我清理掉了，得重新採買才成，也得多雇點兒人手……真是麻煩，還是旅行的時候來得輕鬆。」

說完，咎女便進宮去了，留下無所事事的七花。

七花遵照咎女吩咐，在奇策府中四處閒逛，熟悉環境；然而奇策府雖然與咎女的身分相稱，寬敞開闊，卻還沒大到令七花迷路的地步。

七花本想睡個午覺，但思及咎女正在宮裡辦差，又不好意思自顧自地蒙頭大睡。

無可奈何，七花只好來到花園之中練武（由於每隔七天便有人前來打掃，花園修葺有加，整潔美觀），排遣無聊。

約莫過了一刻鐘，七花暗想咎女也該回來了，便抬起頭來，仰望圍牆之外的尾張城。

「『不久』。」

此時，背後突然傳來了這道聲音，七花大吃一驚，連忙回頭一看（背後幾時多了個人？），原來是右衛門左衛門。

此人於上個月曾與七花在土佐港中照過面——不，右衛門左衛門頭戴面具，所以嚴格說來並未照面。

「我們還稱不上久違吧？虛刀流掌門。」

右衛門左衛門說道：

「聽說你勝過了鑢七實？其實這回的風波乃是你們鑢家姊弟之間的家務事，只是碰巧牽扯上了集刀；不過身為一個武人，我還是得表達我的欽佩之意。」

「……你是怎麼進來的？」

七花問道。

右衛門左衛門若無其事地回答：

「走進來的。我進門的時候正巧看見你，只是見你專心練武，不便出聲打擾。」

「……那也別無聲無息地站在別人身後啊！」

「這倒是我失了禮數。誰教我最擅長的便是無聲無息地站在別人身後呢！」

右衛門左衛門毫無反省之色。

也罷，既然知道了他是怎麼進來的，接下來便該問他所為何來。

「如果你是來找咎女，她不在。」

七花略為思索，說道：

「她進宮去啦！」

「嗯，我知道，所以我才來的。」

「所以你才來？呃……是那個什麼姬來著的派你來的？」

「否定姬。」

右衛門左衛門立即糾正。

「不許你再說她是什麼姬來著的。」

他語氣平靜，卻面露慍色。

——這是他忠心的表現？

也難怪他不高興。

換作七花，聽見別人稱呼咎女為「什麼士來著的」，也會大為光火。

「不過要說是主子派我來的，倒也沒錯；因為沒有主子的命令，我絕不會擅自行動。」

「這麼說來，是宮裡發生了什麼事嗎？」

七花開始擔心。右衛門左衛門察覺了他的憂慮之情，說道：

「放心，不是那檔子事。」

那檔子事是指哪檔子事？

七花心生警戒，但右衛門左衛門並不理會，繼續說道：

「奇策士大人在短短期間之內，便集得了七把連舊將軍也無法得手的完成形變體刀；上司不但對她讚譽有加，還勉勵她再接再厲呢！奇策士的奇策可說是大為奏效啊！不過她卻未露半點兒喜色，該說她厲害呢，還是不討喜？」

「……所以呢？」

「所以我是為了今後集刀而來。我的主子……」

右衛門左衛門平靜地說道：

「握有變體刀的情報。」

「……………」

「主子想將情報轉告給奇策士大人知情，便邀請奇策士大人出宮之後過府一談；不過實際上與人動武奪刀的是虛刀流掌門你，這場會談自然不能獨缺你一人，因此我才前來相迎。」

哦，原來如此——七花恍然大悟。

咎女不願將自己的寶刀引介給敵人否定姬，不過事到如今，也由不得她了。

咎女與七花的目的乃是集齊變體刀，否定姬聲稱自己握有變體刀情報，咎女雖不情願，也只得赴約。即使對手的企圖昭然若揭，咎女還是得乖乖引薦七花。

會談的地點不在宮中，而是否定姬的府邸，又是個絕妙的選擇，可以感受到否定姬的妥協之意。

又或是名為妥協，實為使詐？

「咎女已經到了你們主子家裡？」

「對，而且主子也已告訴她會派人來迎接你，只是沒說派出的人便是我。」

「…………」

若是說了，想必咎女便不會同意了。

七花起先懷疑這場會談乃是否定姬設下的圈套，然而仔細一想，設這種拐彎抹角的圈套並無意義；即便真是圈套，否定姬可是能與咎女鬥智之人，七花便是想破了腦袋也不是對手，還是別庸人自擾了。

對七花而言，重要的只有一點。

否定姬握有的「變體刀情報」究竟有幾分可信？

或許否定姬根本沒有任何情報，只是以此為藉口邀請咎女與七花過府。

不過可能嗎？

以否定姬的身分地位，豈會撒這種一下子便被揭破的謊言？

更何況集刀乃是將軍下的敕令，若她膽敢使詭計妨礙，反而會見罪於將軍。

這點兒道理連七花也懂得。

既然如此，否定姬說的應該不全是謊言；當然，前提是否定姬不敢得罪將軍。

「可是咎女吩咐我看家呢！」

七花嘗試抵抗。

「空空蕩蕩的家有什麼好看的？」

右衛門左衛門反駁道：

「你的任務應該是保護奇策士大人吧？」

「話是沒錯，可是……」

「既然如此，你只得乖乖跟我來了。因為在這座尾張城裡，我可是奇策士大人第二該提防的人物。」

「…………」

「『不認』——我不認為放我隻身回去是個聰明的決定，你認為呢？」

或許右衛門左衛門只是巧言誘騙而已。

七花不擅於脣槍舌戰；生長於無人島上的他，缺乏與人辯論的素養。同樣於無人島長大的鑢七實倒是能言善道，然而遺憾的是，七花並沒這個本事。

照理說七花應該不為所動，繼續留守奇策府才是；不過同樣為人忠僕，七花覺得右衛門左衛門並非只是虛言恫嚇。

因此七花略為躊躇過後，還是隨著右衛門左衛門離開奇策府，前往否定府。

否定府四周樹林環繞，與奇策府的位置正好相反；當然，它不似奇策府一般俗豔，而是渾樸雄壯，可謂官坊之中最為嚴整端凝的一座宅邸，在在顯示了居住者的權位。

奇策士咎女並未進入府內，而是在門前等著七花到來；看來饒是咎女也不願手無寸鐵入否定府。見了同右衛門左衛門前來的七花，咎女面露驚訝之色，又立即收斂表情，說道：

「真是的，爾居然真的傻呼呼地跟來了。若是爾沒來，我便可以此為藉口回絕那個惹人厭的婆娘，打道回府。」

「啊！對不住，可是——」

「我知道，那婆娘拿變體刀的情報當幌子，自然不能不見。」

咎女嘴上這麼說，臉上卻顯得極為不快。

根據右衛門左衛門所言，咎女才剛受過上司褒勉獎勵；但她「成功」的喜悅之情似乎也隨著會見否定姬而消失得無影無蹤了。

「真是的，一回尾張便被擺了一道。」

否定姬——奇策士咎女的天敵。

「閒話請兩位稍後再聊。」

右衛門左衛門說道：

「主子恭候已久，請先進來吧！」

二章 否定府

■　■

雖然換了一章，不過時間仍在七天之前。

否定府內，奇策士咎女與鑢七花終於和否定姬照面了。

「噗嗤……！」

沉默片刻之後，否定姬突然笑了起來。

「呵，呵呵……哈哈，哈哈，哈哈，哇哈哈哈！」

起先她尚有忍笑之態，後來忍不住放聲大笑，笑聲響徹了整個房間。

「太、太適合妳啦！」

「…………」

看來她指的是咎女的髮型。

奇策士咎女本來頂著一頭有礙旅行的白色長髮，卻在上個月被齊肩剪斷；這是她於土佐護劍寺鑢七實一戰之中付出的偉大犧牲。咎女進入幕府之後從未將頭髮剪短，是以否定姬乍見她這頭孩童般的短髮便立時捧腹大笑起來。

否定姬的心情，七花倒也不是不明白；因為這髮型確實莫名適合咎女。甫斷髮後，七花瞧著還覺得挺不習慣，但如今他反而難以回想咎女長髮時的模樣，可見得現在的童子頭與她的臉蛋有多麼相稱。

這話若是說出口，咎女鐵定要大發脾氣，因此七花只放在心裡，然而否定姬卻大剌剌地說了出來。

——否定姬。

咎女不願讓否定姬見到七花，否定姬卻大費周章地邀請二人過府，只為見七花一面；而七花對於咎女的天敵否定姬的好奇心，其實並不遜於否定姬。

七花望著高踞上座捧腹大笑的否定姬。

雖然七花沒有姊姊的觀習本領，卻還是凝神定睛地打量眼前的女子，以求多瞭解她一些。

否定姬生了一副引人側目的模樣。

她之所以引人側目，並非是因為她像咎女一樣穿著花不稜登的錦衣華服，也不是因為她像左右田右衛門左衛門一樣身著西裝。她的穿著極為尋常，比起一般達官貴人還要略嫌樸素幾分。

引人側目的並非她的裝扮，而是她本身。

她有著金色長髮、藍色眼珠，還有晶瑩剔透的白色肌膚。

「…………」

她是個洋人。

七花為奪賊刀「鎧」而到九州之時，曾從遠處看過渡海而來的洋人，他們也都有著光彩奪目的金髮碧眼。

否定姬亦然。

其實洋人之所以引人側目，純粹是因為日本實行鎖國政策，除了少數地區之外，一律禁止與海外交流；若是飄洋過海一看，倒也不如何稀奇了。

就這層意義而言，或許見了洋人也沒什麼好大驚小怪的；不過以這八個月來七花對這個國家的認知，洋人位居幕府高位著實是件匪夷所思之事。

——洋人說的話不是和咱們不一樣嗎？

可是否定姬的日本話卻說得相當流利。

七花滿心疑問，望了坐在身旁的咎女一眼；然而咎女並沒看他，而是脹紅了臉，目不轉睛地瞪著正面的否定姬，強忍著被恥笑的屈辱。

待否定姬笑聲稍歇，咎女便發難了。

「有件事我要先問妳。妳早知道『嗟了』是外國話吧？」

頭一個問的居然是這件事？七花聽了只覺得啼笑皆非，而咎女的語氣相當嚴肅，更顯得滑稽萬分。

否定姬似乎亦有同感，又笑了一陣，方才說道：

「怎麼？妳發現啦？」

看來她果然知情。

「…………」

咎女默默地站了起來，否定姬也跟著起身。

只見她們倆步步逼近對方，七花還來不及反應，兩人便已在房間中央挨著身子大眼瞪小眼，兩張臉簡直要湊在一塊兒。

不，實際上她們的鼻尖已經湊在一塊兒了。

咎女身材矮小，否定姬卻是修長高䠷（與敦賀迷彩差不多，甚或比她還高），因此咎女是由下抬頭怒視，否定姬卻是由上垂頭瞪眼。

咎女雙臂盤胸，否定姬的手則是置於腦後，雙方一觸即發，教人不敢貿然

靠近。

七花見狀，心中暗叫可怕，尤其是她們倆那皮笑肉不笑的模樣最教他膽寒。

「我還以為這次已經打得妳翻不了身，沒想到妳竟能捲土重來，命還真硬啊！妳對人世如此留戀麼？」

「要我說幾次妳才懂？我可沒嫩到會栽在妳的手下。在把妳滿肚子壞水清光之前，我是絕不會倒下的。」

「妳再怎麼死纏爛打也沒用。我肚子裡的壞水可多了，憑妳也想清光？妳來一次，我便打一次，打得妳翻不了身——不，打得妳成一灘肉醬！」

「我要否定，否定妳說的話。我預言妳殺不了我，豈止殺不了，還會被我所殺，屍骨無存。我和某人不一樣，絕不會失手。」

「儘管放馬過來，我會教妳嘗嘗我的厲害！」

「這話是我要說的，妳就到地獄裡去玩弄妳的奇策詭計吧！」

「囉唆！趕緊露出馬腳來，好讓我打扁妳，臭娘兒們！」

「妳才該趕緊露出馬腳來，好讓我揭穿妳，臭娘兒們！」

否定姬從懷中取出一把鐵扇，啪一聲打開；這動作便如信號，咎女見了便返回原位，重新坐下，而否定姬亦回到了上座。

「好了，差不多該談談公事了。」

「是啊！開始吧！」

……

咦？方才只是打招呼嗎？

七花交互打量著咎女與否定姬，但她們倆並不理會七花，逕自談起公事來了。

所謂的公事，便是蒐集四季崎記紀的完成形變體刀。

「我該先恭賀妳一聲。了不起，不愧是奇策士，短短七個月內便集得了七把刀。」

「……那是從一月算起。其實我早在一月之前便開始集刀了。」

「或許該說是從那位虛刀流的小兄弟為妳效力之後算起吧？」

否定姬話鋒一轉，帶向七花；她闔上鐵扇，以扇尖指著七花說道：

「幸會，七花小兄弟。我叫否定姬。」

「……幸會。」

七花輕輕點頭示意，身旁立即飛來了一道斥責聲：

「七花！別向這種人低頭！」

這也未免太苛刻了。

「呵呵呵！」

否定姬見狀，又笑了起來。

她和七花想像的全然不同，七花沒料到否定姬竟是如此爽朗之人。

話說回來，七花的想像是從左右田右衛門左衛門聯想而來，與實際上自然大不相同了。

「……這麼一提，那傢伙上哪兒去了？」

七花詢問否定姬。

這會兒他又發揮了初生之犢不畏虎的本色，真不愧是無人島上生長之人。

「右衛門左衛門——大哥，不是妳的隨從嗎？」

「哦，他在天花板上。」

否定姬將扇尖指向上方。

「那傢伙老是死氣沉沉的，我看了就悶，所以吩咐他在天花板上候命，別讓我瞧見。」

「…………」

好可憐……

七花發自內心地同情右衛門左衛門。

「那個面具也是我賜給他來遮掩那張死氣沉沉的臉。不過區區一張面具，還遮不住他的陰沉呢！」

「…………」

七花已經不忍心再聽了。

「哼！」

咎女自豪地說道：

「我可從沒強迫七花做這些不合情理的事。」

「…………」

可妳強迫我說些莫名其妙的口頭禪。七花暗自想道，卻沒說出口來，因為他不想丟主子的臉。再者，這種事也沒什麼好較勁的。

原來右衛門左衛門是藏身於天花板上。他聽了咎女與否定姬的對話有何感想，不得而知；總之待會兒說話時，七花須得做好有人旁聽的心理準備。當然，咎女應該早就知道了。

「唉！就是這麼回事。咱們交情也不淺了，聽說妳不辭勞苦地在集刀，我怎麼還坐得住呢？自然想幫妳一把了。所以我才派了右衛門左衛門去辦事。」

「惺惺作態。其實妳根本是在找我的把柄吧？」

「也可以這麼說。畢竟我是稽覈官，職責所在，不能放任妳這種可疑之人四處遊走啊！」

「要論可疑，先掂掂妳自個兒有多可疑吧！」

「我要否定，我一點兒也不可疑。」

否定姬說道：

「而之後呢，我發現了一件挺有意思的事，等著妳回來要告訴妳呢！」

「就光等啊？還真合妳的作風。」

咎女輕描淡寫地帶過。

「好，那我就洗耳恭聽。正好眼下我也遇上了瓶頸，正打算專心收集情報一陣子；如果妳有可靠消息，自然是再好不過了。」

「聽妳的語氣，似乎不抱期望啊！」

「那當然，對妳有什麼好期望的？不過我還是好心奉勸妳一句。否定姬啊，妳可別想騙我。要是妳的情報是胡說八道——就算妳不是有心作梗，我也會拿這點來大做文章，打得妳翻不了身！」

「好嚇人啊！不過妳放心，妳的手段我清楚得很。前一陣子妳便是用這招，把我害得好慘啊！」

否定姬格格笑道。她還真是個笑口常開的人。

見否定姬笑著談論自己遭人構陷的往事，七花只覺得不可置信。

「別擔心，這個情報很可靠。老實說，若是妳集刀不順利，我反而傷腦筋呢！」

「傷腦筋？為什麼？」

咎女滿心疑惑，問道：

「妳和我分屬不同衙署，集刀之事與妳毫無關連啊！」

「唉！我也有政治上的考量啊！所以想借妳集刀的順風船一搭，這樣妳可明白了吧？……再說，妳進過了宮，也該知道天守閣裡的諸公都相當關切集刀一事，如今幕府之中已沒有一個衙署能置身事外啦！」

「…………」

反過來說，幕府命咎女集刀——表面上是如此，其實是咎女主動提議集刀——之時，其實認定咎女不可能完成任務，並不當一回事；直到十二把刀集得了七把，才開始認真看待此事。

「我便是在等這一刻。半路殺出了鑢七實這個怪物，固然出乎我意料之外；不過如今集得了七把刀，幕府之中的氛圍也變了，這下子我總算能明目張膽、光明正大地幫妳啦！」

「我可不記得曾求助於妳。莫非妳想搶我的功勞？」

「是啊，這也是我的企圖之一。誰教咱們家的右衛門左衛門本領不濟，集不了刀呢！不過我想幫妳的心並不假。」

「……妳要告訴我剩下五把刀的消息？」

「很遺憾，不是。」

否定姬搖了搖頭。

「怎麼，原來不是啊？」

咎女看來並不怎麼失望。

「不好意思，否定姬，我對於其他情報並沒興趣——」

「就算是四季崎記紀本人的情報也沒興趣？」

這句話來得突然，令咎女頓時語塞。

否定姬格格一笑。

「江戶的不要湖妳聽說過吧？」

「那當然。」

咎女語氣慎重，摸索著對手的意圖。

「與蝦夷踊山、陸奧死靈山並列為一級災害區之地。」

「沒錯。」

否定姬點頭。

「聽說四季崎記紀的劍窯便是在不要湖。」

「什麼……？」

咎女大為驚愕，不由得直起腰來。

「不要湖有他的劍窯？」

「沒錯，那個雞不生蛋、鳥不拉屎，在三大一級災害區中唯一無人居住的不要湖，便是傳奇刀匠的老巢。啊，不對，現在踊山和死靈山也無人居住啦！」

否定姬又刻意訂正前言。

劍窯——聞言，七花暗自思索。

換言之，四季崎記紀是在不要湖鑄刀的？

「當然，並非所有變體刀都是在不要湖鑄的，雙刀『鎚』便是一例。不過據說千把變體刀中的絕大多數都是在江戶不要湖鑄造的。」

四季崎記紀的劍窯。

四季崎記紀有傳奇刀匠之譽，背景來歷卻無人知悉；或許正因為他如此神祕，才更增添了傳奇色彩。如今找到了這名傳奇刀匠的劍窯所在，只要加以調查，定能找出剩餘五把刀的消息，確實是個相當有益的情報。

此時七花突然想起一事。

咎女聽見不要湖三字，想必也聯想到了——真庭鳳凰於薩摩與咎女結盟之時，曾透露三把變體刀的下落：一把在陸奧死靈山，後為鑢七實所奪；一把在出羽天童，尚未確認；而剩下一把，正是在江戶不要湖。

「淨是聽說、據說……這情報似乎不大牢靠啊！」

「那只是修辭而已，我有十足的把握。不過情報來源不能透露便是了。」

「不過……如妳方才所言，不要湖乃是個不宜人居的地方。」

「所以才適合用來偷偷鑄刀啊！再說，四季崎記紀是在數百年前的戰國時代鑄造變體刀，當時不要湖尚未被劃為災害區，連劃定災害區的尾張幕府都還沒成立呢！既然是那麼久遠以前的事，或許當時的不要湖並沒現在這般荒僻。」

「可是那兒有日和號啊！」

「也許當時連日和號都尚未問世。日和號可不是從史前時代就待在那兒的。」

日和號？

咎女與否定姬說得順理成章，七花卻聽得一頭霧水。然而她們倆談得正起勁，七花沒機會插口發問，只能乖乖聽她們繼續說下去。

「還有一種可能，奇策士姑娘。妳還記得隱密班吧？就是妳拿真庭忍軍背叛當藉口撤了的隱密班。他們曾針對不要湖提出了個荒謬的結論，還惹來了眾人一陣恥笑呢！」

「那可不是我造成的，只是巧合而已。」

「是嗎？可是妳的確沒替他們說話啊！」

「因為我沒理由替他們說話。」

「哈哈！」

「好了，隱密班說了什麼？我記不得了。」

「沒想到妳的記性這麼差。他們不是說日和號或許是為了保護某件物事而留在不要湖的？」

「啊！我想起來了。」

咎女擊膝叫道，確實是「想起來了」的動作。

「或許當時恥笑他們的便是我呢！不要湖裡哪有什麼值得保護的物事？」

「若這值得保護的物事是四季崎記紀的劍窯呢？」

「…………」

這會兒咎女沒出聲，足見她有多麼驚訝。

「雖然四季崎記紀已過世數百年，或許日和號還繼續守著他的劍窯呢！」

■

■

一級災害區——不要湖。

不要湖雖有湖名，但它為湖卻是千年以前的事了。在遙遠的千年之前，這座湖是被當成垃圾場使用的。

如湖名所示，凡是不要之物，即會被拿到此地處理——不，其實也稱不上處理，只是丟入湖中而已。

被丟棄的破銅爛鐵沉澱於湖底，日積月累之下，便將湖泊完全填平了。破銅爛鐵填平的湖泊，木屑與鐵屑構成的平原，便是現在不要湖的模樣。

咎女與七花根本無暇在尾張多留片刻，離開否定府後，便又立刻整理行裝，啟程前往江戶。如此這般，時間總算拉回現在，來到了奇策士咎女與虛刀流第七代掌門鑢七花抵達不要湖的場景。

負責帶路的左右田右衛門左衛門並不在場，他說自己任務已畢，便先行離去了。先前他在土佐為咎女二人領路之後，仍與他們同行了一陣子；但這回他尚有否定姬交辦的任務在身，是以非走不可。

是什麼任務右衛門左衛門並未透露，不過既然是否定姬交辦的差事，肯定又是個大難題。

七花非常同情右衛門左衛門，或許這也是種自憐之情。這就叫同病相憐啊！

總而言之，隔了七天之後，七花總算又能與咎女獨處了；不過天下事並非盡如人願。

七花與咎女小心翼翼地走在曾為湖泊的破爛平原之上（若是不小心踩到尖銳的金屬，可就危險了），不一會兒便看見了那樣物事。

「……………」

起先七花以為那是個人，至少是個仿人形而造的物品；不過仔細一瞧，那東西實在不能以人稱之。

它的全身皆由金屬打造而成，左右各有兩臂，共計有四隻手，腿也和手臂一樣共有四條；臉上繪有眼鼻，頭上植有毛髮，身著襤褸破衣，卻顯然不是人類。

不錯，那正是——

「機關人。」

打造成常人大小的機關人。

七花在旅途之中，曾見過端茶水的機關人；而眼前的機關人莫非便是茶水機關人的高性能版？

「不錯。」

咎女說道：

「那就是日和號。」

不要湖之所以被劃為災害區，固然是因為此地堆滿了破銅爛鐵，非常危險；然而最主要的理由，卻是因為有日和號在此。不要湖不同於踊山、死靈山，無人居住，亦是緣於此故。

只要有人靠近不要湖，日和號便不由分說，格殺無論。

日和號四手皆握著刀劍，一如土佐的刀大佛。

「……咱們在這裡看不打緊嗎？」

「這個距離無妨。」

咎女回答七花的問題。

「只要距離夠遠，它就無法辨識我們。日和號雖呈人形，不過那對眼睛只是裝飾；它是靠其他感應器來感應周圍的情況。」

「換句話說，若是咱們接近，它便會開始攻擊？」

「嗯。」

「那該怎麼辦？這麼遠我感覺不出來啊！」

「照計畫行事。」

咎女說道：

「聽好了，七花，今天只是來探探情況，並非是要一決勝負。」

「我知道。」

「雖然我一再出言質疑，不過否定姬的情報應該可信。若是她在這個關頭放假消息給我，危險的反而是她自己。既然如此，這座垃圾湖附近定有四季崎記紀的劍窯，只要我們能找出來，對於今後集刀必然有相當大的助益。要找劍窯，就得先擊破不要湖的守衛日和號；不過在那之前，有件事須得先行調查。」

「我知道啦！」

「是麼？」

咎女點頭。

「好，那爾快去快回。」

不待咎女說完，七花便展開了行動。他並非直打日和號而去，而是利用日和號對於感應距離之外的人不起反應的特性，刻意兜了個大圈子，從背後撲向它。

說時遲那時快，日和號的腦袋突然轉了一百八十度，面向七花。

此時距離甚近，七花這才看出日和號是個仿造妙齡女子製成的人偶。

「人類・辨識。」

日和號的口部一張一闔地動了起來。

「即刻・斬殺。」

說著，它的四條手臂舉起了四把刀，朝七花攻去。

在這一瞬間，七花明白了。

咎女所料果然無誤。

否定姬認為日和號守在不要湖，乃是為了保護四季崎記紀的劍窯；而咎女又做了更進一步的推測。

七花接近日和號後，起了面對完成形變體刀之時萌生的共鳴。

這共鳴不是衝著日和號手上的四把刀，而是衝著日和號本身而來。

「…………！」

如咎女推測，這個機關人便是——

「微刀・釵。」

日和號一字一句，清清楚楚地如此說道。

三章 真庭海龜

機關人日和號。

人們繪聲繪影，說這個徘徊於不要湖的人偶乃是破銅爛鐵化身而成；它怨恨人類在其尚有功用之時便狠心丟棄，因此見人便殺。

日和號有個渾名，叫做破爛公主；它是個機關劍客，亦是把傀儡劍，自動刀。

當然，信奉現實主義的咎女與否定主義的否定姬完全不相信這種怪力亂神之說，但日和號一直待在不要湖卻也是事實。那麼它是為何存在？因何存在？

倘若日和號即是四季崎記紀的完成形變體刀，便能解釋這個疑問了。

這就是奇策士咎女歸納出來的結論。

咎女認為否定姬應該也想到了這一節，只是沒說出口而已。否定姬既然推測日和號保護著四季崎記紀的劍窯，自然也能猜想到日和號即是完成形變體刀。

如今結果揭曉，咎女所料果然不差。

話說回來，以否定姬之能，說不定早已查明此事，而非只是推測猜想。

「喂，我說否定姬啊！」

咎女回頭詢問否定姬：

「妳掛在牆上的那兩個怪鐵塊是什麼玩意兒？」

「唔？哦，沒什麼，只是裝飾品而已。」

否定姬若無其事地回答。

「這玩意兒不太合妳的品味，是別人硬塞給妳的麼？要不要我順手拿到不要湖丟了？」

「哈哈！多謝好意。」

否定姬笑道：

「不敢勞煩尊駕。」

■　■

一名男子步行於信濃的街道之上。

這男子看來年歲尚輕，走起路來步調徐緩，表情亦是悠然自得。

他看來並不像個武士，腰間卻插了一把奇形怪狀的刀；那刀刀身較尋常日本刀要來得細上許多，即便收入鞘中亦不滿一寸寬，正是所謂的刺擊劍。

而這名悠哉男子的裝扮又與他所佩的刀劍一樣怪異，竟是一襲無袖忍裝，身纏鎖鍊。

此人正是——

「……足下可是真庭忍軍十二首領之一，魚組統領真庭海龜？」

背後傳來了一道聲音。

聞言，這名男子——真庭海龜回過頭來。

在他身後的亦是名奇裝異服的男子，身著這個時代極為罕見的西裝，臉戴面具，面具之上寫著「不忍」二字。與海龜不同的是，那男子腰間上的兵刃極為尋常，乃是對大小刀劍。

「哼！你是什麼來頭？何以知道老夫便是天下間最英俊最瀟灑最高強最風流最有錢的真庭海龜？」

見了這名突然出現的奇異男子，海龜依然一派悠哉，從容不迫。

「老夫的確便是天下間最英俊最瀟灑最高強最風流最有錢的真庭海龜，可老夫並不認得你這般奇裝異服之人，也不記得曾對你報過名號。」

「我叫左右田右衛門左衛門。」

海龜言下之意即是探問對手來歷，身著西裝面具的男子便順著他的心意報上了名字。

「『不誤』——是嗎？我沒認錯人？很好，很好。聽說你的渾名叫『長壽海龜』，我還以為是個老人，沒想到年紀卻這麼輕，教我一時懷疑是自己找錯了人。既然沒錯，我就放心了。」

「哈！老夫是天下間最英俊最瀟灑最高強最風流最有錢之人，乃是一目了然之事，所以你認出老夫並不值得誇耀；可是連老夫的渾名都知道，可就不簡單啦！……左右田右衛門左衛門？沒聽過。這名字如此滑稽，十成十是假名。」

「並非假名。」

身著西裝面具的男子——左右田右衛門左衛門搖頭。

「這就是我現在的本名。」

「……哼！是不是無關緊要。」

海龜說道。

右衛門左衛門一面說話，一面估量他與海龜之間的距離；海龜站得甚遠，看來對他頗為提防。

「你突然叫住老夫，有何意圖？老夫正在趕路，別來礙事。」

「趕路？可是我瞧你腳步倒是挺悠閒的。」

「老夫乃是龜，生性便是慢郎中。其實在我看來，是世人太過匆忙了。」

「很遺憾。」

右衛門左衛門說道：

「我的任務便是來礙你的事。」

「……不出我所料。」

海龜喃喃說道。

打從一開始，這個身著西裝面具的男子便充滿敵意，毫不掩飾——不，是充滿殺意。

「老夫記性不好，可得先問問你——咱們這是頭一次見面吧？」

「是頭一次，也會是最後一次。」

「有個性！好，很好！」

海龜悄悄從忍裝之中取出手裡劍，朝著右衛門左衛門腳邊擲去；只見右衛門左衛門全然不為所動，只是微微往後退了一步，便躲過了手裡劍。

海龜這記手裡劍原本便只是試探之用，並無傷人之意；但見了右衛門左衛門的動作，他卻不禁起了疑心。

——唔？方才那一招……

「……你應該不是為了私人恩怨而來。老夫辦事向來俐落，絕不與人結怨；若真有人怨恨老夫，大概也只有奇策士那個小丫頭一人。哦，莫非你便是奇策士派來的？不過據鳳凰所言，他已經和那小丫頭結了盟——」

「『不然』。」

右衛門左衛門平靜地否定了海龜之言。

「此事與奇策士大人並無關連。她現在正在江戶不要湖蒐集微刀『釵』，不知虛刀流掌門要如何應付那個瘋狂的機關人？實在教人好奇啊！」

「…………」

此人聲稱他並非受奇策士指使而來，但至少他認得奇策士，也知道奇策士為了集刀而請虛刀流掌門出山；最重要的是——他知道集刀之事。

真庭海龜雖然依舊面帶笑意，但心裡可不安穩了。

江戶不要湖。

這麼一提，與海龜同為真庭忍軍十二首領之一的真庭鳳凰曾對奇策士透露三把變體刀的下落，其中一把便是在江戶不要湖；鳳凰並不知在這三地的各是哪把刀，如今看來，不要湖裡的原來是微刀「釵」。

不過……

「同樣的道理……」

右衛門左衛門又道：

「真庭海龜，你到信濃來，也是為了蒐集四季崎記紀的完成形變體刀吧？」

「你說呢？」

海龜故意裝蒜，不過他知道這招並不管用，因為右衛門左衛門的口氣相當篤定。

右衛門左衛門彷彿為了證明此事，繼續透露海龜不知的情報。

「炎刀『銃』的確曾在此地，所以你來這兒找刀並沒來錯。」

炎刀「銃」？

就連海龜也還不知道此地的是哪把刀，右衛門左衛門居然說得出刀名？而且還用過去式描述？

聞言，海龜臉上的笑容終於消失，悠然自得的氛圍也消逝得無影無蹤，彷彿換了張面具一般，惡狠狠地瞪著右衛門左衛門。

「你是什麼來頭？」

海龜往前踏出一步，問道：

「為何目的而來？」

「我不是說了？為了礙你的事而來……唉，對於你們真庭忍軍的所作所為，我本打算袖手旁觀；既然你們和奇策士大人結了盟，我便不該多管閒事，你們愛怎麼集刀，是你們的自由。我不知道真庭鳳凰在打什麼主意——」

「……你連鳳凰也認得？」

雖然方才海龜亦曾提及鳳凰之名，但聽右衛門左衛門的口氣，顯然不是聽了海龜提起才知悉真庭鳳凰的存在。

右衛門左衛門回道：

「『不答』。我認得鳳凰與否，與你無關……本來我和你們是兩不相干，可誰教你們要打炎刀『銃』的主意呢？」

「…………？」

「其他變體刀倒也罷了，唯獨炎刀不成。若是讓你們深入調查，搞不好會查到主子身上去。」

主子……？

聞言，海龜猛省過來。

尾張幕府之中，有兩個來歷不明、本名不詳的蛇蠍女子；其中一個不消說，便是童顏鶴髮的奇策士咎女。她乃是預奉所軍所總監督，與真庭忍軍素有往來，海龜亦知之甚深。

而另外一人——

「否定姬……」

海龜縮回了踏出的一步，喃喃說道。

正是稽覈所總監督——否定姬。

「你是否定姬的手下？」

是了，此人一直以「奇策士大人」來稱呼那個雌兒，可見得他不光是聽過奇策士的名號，還與奇策士本人相識。

由鳳凰口中得知否定姬重掌大權之時，海龜大為吃驚；因為設下圈套使她失勢的不是別人，正是真庭忍軍，而一手策劃的則是奇策士咎女。

原來如此，那麼此人認得鳳凰、知道海龜的渾名，也不足為奇了。

「……你是來報仇的？」

海龜輕嘆一聲，對右衛門左衛門說道：

「你的主子派你來報當時的一箭之仇？」

「怎麼可能？主子向來『否定』報仇這類愚行，她老人家的意思，是不用去理會你們，所以我原本才打算袖手旁觀。不過事關炎刀『銃』，可就另當別論了。」

「你為何如此執著於炎刀『銃』……莫非你的主子早已奪得炎刀，卻瞞著幕府？」

「不愧是忍者，一點就通。」

右衛門左衛門說道。

海龜其實並無把握，有一半是出於猜測；算他倒運，居然猜中了。

海龜暗自叫苦，原來自己竟一頭撞進了虎穴裡；早知如此，就該和企鵝一樣，跟著鳳凰一起行動才是。他沒想到自己竟在不知不覺之間成了否定姬的敵人。

或許此時海龜不該唉聲嘆氣，而該慶幸鴛鴦並不在場。鳳凰或企鵝也就罷了，鴛鴦鐵定度不了這關。

否定姬將這種任務交付此人，可見得此人不只是否定姬的手下，還是親信；既是親信，武功想必不弱。

「換言之……」

右衛門左衛門說道：

「你知道的太多了。」

「…………」

「忍者就該有忍者的樣子，跑龍套的也該像個跑龍套的，乖乖地在歷史外圍打轉；可你們卻搶先眾人一步，接近了歷史的中樞。說來驚險，若是奇策士大人與虛刀流掌門的旅程再多上一樁意外，我便來不及趕到此地，你們也會成為發現歷史真相的第一人。好險，著實好險！」

「歷史？真相？……你在胡說什麼？莫名其妙。」

「你無須懂，反正你將死於此地。真可惜啊！只差了那麼一步。到了下個歷史，你可要放精明點兒。」

右衛門左衛門跨過插在腳邊的手裡劍，走向海龜，雙手緩緩拔出腰間的兵刃。

「……不，等等，且慢。」

海龜倏地舉起雙手。

「總歸一句，老夫碰了不該碰的東西，踏入了不該踏入的領域，是吧？對不住，對不住，這是老夫的無心之過。」

「…………」

「老夫罷手便是。其實集刀這檔子事，老夫原本便是興趣缺缺，只是大夥兒都說要幹，老夫若是反對，豈不太不識相？不得已只好幫忙……不，是做做幫忙的樣子。其實老夫來信濃是為了遊山玩水，你瞧，這兒多麼風光明媚啊！」

「縱使你所言屬實，你已經聽了我說的話，不能留你活命。」

「快別這麼說。啊，有了，老夫想到一個好主意，不如老夫投靠你們吧？老侍在真庭忍軍也膩啦！最近真庭忍軍多了些目無尊長的後生小輩，真是世風日下，人心不古啊！哦，別看老夫這副模樣，老夫只是打扮得年輕了點兒，其實年紀不小啦！大概和你差不多。可是川獺那小子卻總是不把老夫放在眼裡。唉呀，這麼一提，他好像死了？」

說著，海龜突然動了；他高舉的雙手不知幾時已然放下，拔出了腰間的刀。

海龜見右衛門左衛門完全不理會他的言語，步步逼近，便決定先下手為強；一待右衛門左衛門踏進自己的攻擊範圍，他便立時拔出刀來。

忍者素以卑鄙卑劣為招牌，假意求饒算不了什麼。

海龜嘴上討饒，眼睛卻量著右衛門左衛門大刀的長度，確定自己的刺擊劍要長上一些；若再加上手臂的長度——

「…………！」

右衛門左衛門毫不遲疑，立即後退。

他以刀腹擋住了海龜的刺心一擊，刀身上也因而多了道巨大的裂痕。

「嘿嘿嘿！」

海龜雙足前後大開，屈膝沉腰，左手架劍，劍尖直指右衛門左衛門。

眼下四下無人，可以放心施展身手。

不過縱使四周有人，只要事後趕盡殺絕即可——唉呀！老夫這麼想，豈不和食鮫差不多？不成不成，老夫須得維持長者風範。

「真庭忍軍十二首領之一真庭海龜——渾名『長壽海龜』，這就來會會你。」

「……劍法……原來你也是劍客？」

右衛門左衛門瞥了自己的大刀一眼。不過一擊，大刀刀身上便出現了巨大裂痕，已然成了廢鐵。

「你那把劍似乎是南蠻流傳過來的……說來諷刺，身穿西裝的我用日本刀，身著忍裝的你反而用刺擊劍。」

「要說諷刺，是挺諷刺的——你的命運亦然啊！」

「不，諷刺的是你的命運。老實說，我沒想到忍者亦會用劍；若是讓你得了四季崎記紀之刀，必是一大威脅。聽了『長壽海龜』這個渾名，我還以為你使的是不死之身的忍術呢！我已手刃過五個擁有不死之身的忍者，竟因而心生大意了。」

右衛門左衛門若無其事地說道。

海龜明白右衛門左衛門這番話並非虛張聲勢，只可惜如今他是聰明反被聰明誤。

「哈哈哈！老夫在忍者之中算是不成材的，忍術是一竅不通，只能丟丟手裡劍。不死之身的忍術？老夫不需要這種玩意兒。只要武功夠強，便能長命百歲。」

「…………」

「這世間便是弱肉強食。老夫也殺過十五個擁有不死之身的忍者，若要單論劍法，可是不遜於虛刀流掌門與鐫白兵。只要有這把刺擊劍在手，老夫便是所向無敵。像你這種倚著幕府這塊大西瓜偷生之人，豈能與身經百戰的老夫相比！」

真庭忍軍十二首領之中，唯有真庭蝴蝶與真庭海龜早已識得虛刀流，理由便在於此。

蝴蝶是個拳法家，而海龜是個劍客，因此對於不使刀劍的劍法——虛刀流早有耳聞。

「就讓老夫來指點指點你！孕育萬物的海洋之中最強的生物，正是海龜！」

雖說事實並非如此，海龜仍是意氣風發地擺出了架勢。

見狀，右衛門左衛門便從腰間抽出了刀鞘，還刀入鞘，隨手棄於路旁，想來是認為拿著已成廢鐵的刀打鬥並無意義；而完好無損的短刀，也被他一併丟棄了。

有膽識！海龜心中暗自讚道。

換作一般人面臨這種狀況，即便兵刃受損，也決計不敢棄之不用。

「為了慎重起見，老夫須得先問上一問——你身上的大小對刀莫非就是炎刀『銃』？」

「怎麼可能？炎刀『銃』還掛在主子府裡呢！」

「這可真是個好消息。」

「哪兒好？聽了這消息，你又多了個非死不可的理由。」

「你是忍者吧？」

海龜身子未動，繼續說道：

「若你是忍者，老夫卻是劍客，可就是顛倒錯亂啦！不過瞧你方才閃避手裡劍與移動的身法，都不是名門正派的武功，顯然與老夫是同行。你是哪兒的忍者？應該不是公儀隱密班……老夫從前曾從奇策士那小丫頭口中聽過隱密班之事，裡頭並無你這般忍者。」

「不是。」

右衛門左衛門厲聲說道，又指著自己面具上的「不忍」二字。

「如你所見，我並非忍者。我早已不當忍者了。」

「哼！原來是老同行啊？唉，其實咱們真庭忍軍也全成了逃忍，意思差不了多少。那你過去又是哪兒的忍者？忍者也有忍者的道義，或許咱們可以看在你的老東家的分上，化干戈為玉帛——老夫這可不是在討饒，而是為了你著想。雖然真庭忍軍反叛過奇策士那個小丫頭，不過現在已與她結了盟，再搭上否定姬這條線也不壞。」

「……相生忍軍。」

左右田右衛門左衛門回答了真庭海龜的問題。

都到了這種節骨眼，海龜也知道右衛門左衛門決計不可能答應結盟，只是仗恃著對手兵刃已失，自己穩占上風，方才隨口問問罷了。

「相生？相生忍軍——」

海龜搜索記憶，卻想不出半點兒線索。他從未聽過這個名號。

「沒聽說過。既然是否定姬的手下，老夫還以為是出身名里——」

「是嗎？沒聽說過？」

右衛門左衛門周遭的溫度微微下降；不，或許是微微上升，總之是產生了變化。

「那我就告訴你吧！相生忍軍……」

赤手空拳的左右田右衛門左衛門並不另尋兵刃，直接逼近真庭海龜。

「便是一百七十年前被你們真庭忍軍所滅的忍者里！」

■ ■

這是很久很久以前的故事。

遠在戰國時代之前，有個忍者里與真庭忍軍於同一時期創立，那便是相生忍軍。

真庭忍軍與相生忍軍勢如水火，數百年間爭鬥不休；而他們對立，也使得彼此的武功忍術日益精進。只不過戰國亂世終結，現在的尾張幕府成立之際，這段長年以來的恩怨卻有了了結。

真庭忍軍成了贏家。

真庭忍軍之所以得勝，乃是歸功於戰略得宜。真庭忍軍廢除了一人首領制，改由十二人分任首領；時人皆以為多頭馬車，各行其是，反而有礙團結，不料結果卻正好相反。

真庭忍軍便是於此時放棄了忍者的基本行規——集體行動。

真庭忍軍初代十二首領。

初代真庭蝙蝠、初代真庭川獺、初代真庭狂犬。

初代真庭白鷺、初代真庭鴛鴦、初代真庭鳳凰。

初代真庭食鮫、初代真庭企鵝、初代真庭海龜。

初代真庭蜜蜂、初代真庭蝴蝶、初代真庭螳螂。

順道一提，現任的十二首領之中，唯有真庭狂犬與初代首領為同一人；而這十二人在過了一百七十年後，依然是真庭里史上最厲害的忍者。

這十二人大舉進攻，於一夕之間毀了相生里；然而相生里雖滅，卻非未留活口。

初時尚有百人，不久後便只剩五十。

時代變遷，世代交替，人數只是有減無增。五十人變為二十五人，二十五人變為十三人，十三人變為七人，七人變為四人，四人變為兩人，而兩人又變為一人。

一百個人變為一個人，費了一百七十年。

一百條命變為一條命，費了一百七十年。

過了漫長的時光，久得連真庭里的歷史都忘了這個昔日敵人的名號之後──

終於落得只剩一人。

這個人便是左右田右衛門左衛門。

「真──真庭劍法！」

說時遲那時快，真庭海龜挺劍攻來；他動的不只是手，還用上了腳及全身移動的力道，直刺右衛門左衛門的心窩。

海龜原想再多套些情報出來，但眼下已無餘裕。

海龜很清楚自己犯了忌諱。

雖然他還是想不起相生忍軍的來頭，但他的直覺一向敏銳。

說來諷刺，直覺向來比旁人加倍敏銳的海龜，居然陷入這種無可挽回的局面，比其餘的十二首領、奇策士咎女等人先一步觸犯不可觸及的禁忌。

「…………！」

海龜使盡全身之力的刺擊落了空，左右田右衛門左衛門已不在眼前。

「你……」

海龜聽見的聲音是從背後傳來的。

「你所屬的真庭忍軍使的不光是真庭忍法，還有真庭拳法及真庭劍法；相生里也一樣，使的不光是相生忍法，還有相生拳法及相生劍法。」

「──唔！」

海龜連忙回頭，但依然不見左右田右衛門左衛門的身影。

聲音又從背後傳來。

「這便是相生拳法──背弄拳。」

「唔，唔唔唔──你，你這小子──」

海龜回頭，卻不見敵人，唯有毫不遮掩的強烈殺氣不斷從背後傳來。

「真庭海龜，或許你確實身經百戰，要比數目，我遠不及你。」

右衛門左衛門在身後說道。

「不過要比質，卻是你不及我。」

右衛門左衛門的語氣彷彿在教訓海龜一般地高高在上。

「住、住口！你以為你在對誰說話！老、老夫可是真庭忍軍十二首領之一──！」

「那又如何？有了這個頭銜便很厲害嗎？」

無論回頭幾次，海龜始終找不到右衛門左衛門的身影，那模樣便如追著自己尾巴跑的小狗一樣滑稽。雖然他老感到背後有人，卻看不見人影。

相生拳法背弄拳的道理十分簡單。要攻擊身後的敵人不易，而海龜使用的刺擊劍更是各種兵器之中最難攻擊身後敵人的一種。

縱使真庭海龜的劍法足與虛刀流掌門及錆白兵匹敵，在這種情況之下仍是無用武之地。

背弄拳的精妙之處，便在於常在對手身後。

我不見敵，敵卻能見我，還有什麼比這更恐怖的？

「你方才說只要有刺擊劍在手，便是所向無敵？」

右衛門左衛門冷冷說道：

「而我則是只要用上這套拳法，便是天下無敵。」

「相、相生忍軍……？他媽的，老夫當真從沒聽過！居然有這種武功——什麼拳法，這根本是忍術的身法！」

「這可是戰國時代的武功，現在的真庭忍軍豈是對手？若是真庭鳳凰上陣，或許又是另當別論吧！」

右衛門左衛門意味深長地說道。

此人果然識得鳳凰……？

「雖然我的祖先栽在你們手上，不過如你所言，我並非為了私人恩怨而行動，方才只是我一時失態。我乃是為了大義而行動。」

「大、大義？」

「只不過我的大義不見得等於你的大義。對了，若你要求饒，我倒是可以撥空聽聽。」

「……唔，唔……」

海龜無言以對。他明白拖延時間已無意義。

雖然同為忍者，海龜與右衛門左衛門的武功卻是天差地遠，無論海龜如何虛張聲勢都無濟於事。

倘若對手是出身名門正派的劍客或武士，或許海龜還可以使忍者手段，取巧致勝。

然而，右衛門左衛門與他同為忍者——即便現已金盆洗手，畢竟曾為忍者——玩弄鬼蜮伎倆自然是白費功夫。

海龜滿心後悔。為何會落到這般田地？自己究竟是走錯了哪一步？若是沒出這些差錯，或許真庭忍軍便能成為集刀之爭的贏家啊！

眼下最接近真相的人是老夫。

因此——

「——不說話嗎？也對，這才叫真庭忍軍啊！既然如此，我就不光賣弄相生拳法，也讓你見識見識相生忍法。不過我這招似乎也算不上忍法，而你老背對著我，只怕想見識也見識不著了。」

只聞背後人聲，不見人影。

真庭海龜並不逃命，只是思索著如何將眼下的狀況告知其餘的弟兄——真庭鳳凰、真庭企鵝與真庭鴛鴦。

直到最後一刻，真庭海龜心心念念的仍是真庭里。

「不忍法——不生不殺。」

此招與名稱大相逕庭，乃是不生卻殺之招。

長壽海龜落得短命身死的下場。

■
■

尾張，否定府。

正當否定姬百般無聊地佇立於房中之時，天花板上傳來了一道聲音：

「屬下回來了。依照計畫，屬下已將奇策士咎女與虛刀流掌門送往不要湖，並把覬覦炎刀『銃』的真庭忍軍十二首領之一——真庭魚組統領，真庭海龜給收拾了。」

「……太慢了。」

右衛門左衛門在短短期間之內便辦妥了兩件差事，但否定姬卻未慰勞他半句，反而出言責備。

「不過確實如你所言，真庭忍軍不容小覷。我要否定一個月前的自己，那時的我似乎太低估他們了……幸好亡羊補牢，猶未晚也。你也趁機幫祖先報了仇，應該痛快得很吧？」

「屬下以為對一百七十年後之人報一百七十年前之仇並無意義。我對真庭海龜也說過，此舉並非為了私人恩怨。屬下執行主子交付的任務之時，絕不帶半點兒私情。」

「唉！你老是一本正經，煩死了……也罷，我也覺得替作古的人報仇是件蠢事。好啦，那個臭婆娘的情況如何？」

「他們抵達不要湖已有一段時日，想必已和日和號有所接觸，或許已經分出了勝負也未可知。」

「不知他們可發現了日和號便是微刀『釵』？」

「虛刀流掌門能與變體刀產生共鳴，想必不難察覺。」

「是麼？」

否定姬說道，望了牆上掛著的兩個鐵塊一眼。

「但他並沒發現這玩意兒，我瞧那共鳴也不怎麼可靠。也罷，若是七花小兄弟沒察覺，就這麼毀了日和號，那也挺有趣的；屆時前功盡棄，包管那臭婆娘不是丟官，就是切腹！」

「……主子心眼兒可真壞啊！」

「我閒得發慌，找些樂子又有何妨？」

否定姬大笑。

右衛門左衛門不再說話。

信濃與江戶相距甚遠，右衛門左衛門完成任務返回尾張之時已然過了不少時日，不要湖之戰早已有了結果。

鑢七花對上日和號，究竟誰勝誰敗？

四章　日和號

■ ■

咎女二人於江戶不要湖見了日和號，確定它即是四季崎記紀所鑄的十二把完成形變體刀之一——微刀「釵」。

四天後，奇策士咎女與虛刀流第七代掌門鑢七花改名換姓，投宿於不要湖附近的客棧之中。不要湖乃是一級災害區，饒是這座最近的客棧，離不要湖也還有一段距離，又兼地處荒僻，當真是門可羅雀，荒涼至極。不過這半年來咎女二人跋山涉水，住過各式各樣的地方；對他們而言，這客棧還算得上是好的了，是以並無怨言。

其實客棧人少，正合咎女的心意；因為她可以放心籌策戰略，無須避人耳目。

這戰略不光是對付日和號微刀「釵」的戰略，同時也是對付否定姬的戰略。

眼前的問題可說是堆積如山。

「……唔……」

說來或許教人意外，奇策士咎女不但寫了一手好字，畫工亦是了得。此刻她正坐在案前，振筆直書；要寫什麼她已了然於胸，是以提起筆來便如行雲流水。

「呃……唔……嗯。」

她偶爾停筆暫歇，磨一磨墨，又立刻點墨書寫。

坐在身後的鑢七花從咎女的頭上看著她寫字。七花不知咎女寫些什麼，猜想她又是在寫奏章。咎女那胡吹亂謅的奏章在幕府之內的讀者似乎還不少……

七花暗想：不管咎女在寫些什麼，總之我安分點兒，別打擾她便是。

提到安分二字，其實光看七花坐在咎女身後，卻又能從她頭上看著她寫字，便可猜出他們倆現在的姿勢並不安分。

說白了，咎女是坐在七花膝蓋上。

咎女把盤腿而坐的七花當成椅子，靠在他的胸膛之上寫字；而七花則是環抱著咎女的纖腰，一雙手掌還在咎女側腹一帶游移，著實是兒童不宜觀賞。

這行為便和攔腰抱咎女登階、暴風雪中背負咎女行走一樣，既無意義，亦無必要，更是不檢點至極；不過他們這種姿勢並非出於任何一方的提議，而是自然形成。

右衛門左衛門前腳剛走，這兩人便開始打情罵俏起來。

當然，以善意的角度解釋，七花上個月剛在土佐護劍寺死了姊姊鑢七實，為了填補心靈上的空虛，自然是將全副心神放在咎女身上；而奇策士咎女也自責七實之死乃是源於自己帶七花出島，因此對七花格外溫柔。總而言之，這兩人看在旁人眼裡便是你儂我儂，濃情蜜意。

假如否定姬在此，見了定要哈哈大笑。

「話說回來，七花。」

咎女喚了七花一聲。她的姿勢雖然可笑，表情卻是一本正經。

「爾的共鳴還真是方便至極。若是少了爾的共鳴，便無法確定日和號是否為完成形變體刀了。」

「妳可別太依賴我的共鳴。雖然那個人偶說了微刀『釵』三字，可它是不是變體刀還不一定呢！」

「這回的事是否定姬那個惹人厭的婆娘一手安排，鐵定錯不了。」

「可是否定姬只是說四季崎記紀的劍窯在不要湖，以及日和號保護著劍窯而已，她並不知道日和號就是完成形變體刀啊！」

「不，她知道。至少她應該猜到了這一節。」

「那她為何不說？」

「八成是希望我在不知情的狀況之下毀了日和號，這樣她就有好戲可看了。」

完全正確。

咎女與否定姬都是詭計多端之人，把彼此的心思摸得一清二楚。

幕府之中有兩個蛇蠍女子，一個白髮，一個金髮，便是奇策士與否定姬。

「這我可就搞不懂啦……否定姬雖然設了這麼個局來捉弄咱們，可她畢竟還是在幫咱們集刀啊！」

「表面上看來是如此……不知她是想搶功勞，或是在等我出紕漏？不過我也一樣在等著她捅樓子就是了。」

「右衛門左衛門的『差事』，我也好奇得緊。不知他到底上哪兒幹了什麼事？」

「誰知道？不過礙事的人消失，是再好不過了。」

咎女這句話當然是針對集刀而說，但她卻沒發現——若是她說話時將自己嬌小的腦袋往七花的鎖骨一靠，語意便顯得截然不同了。

「日和號……」

七花一面回想有著四手四腳，頭還能一百八十度旋轉的機關人，一面說道：

「……我真的越來越搞不懂四季崎記紀啦！他把完成形變體刀打成甲冑形狀，還嫌不夠古怪嗎？」

「快別這麼說。」

「不，我一定得說。四季崎記紀實在太胡來啦！妳瞧，粉雪的雙刀『鎚』連刀刃也沒有，豈能稱得上是日本刀？而姊姊使的惡刀『鐚』根本是另一種兵器。」

「嗯，不過既然是在日本鑄的，應該就算日本刀吧？」

真是亂七八糟的定義。

七花暗想：就算套用這個定義，人偶還是不能充當刀劍啊！

指鹿為馬，確實是過分了點兒。

「是啊！不如這麼想吧，七花──爾雖然生為人，卻也是一把刀，是吧？」

「沒錯，這即是虛刀流的定義。人刀合一，便是我鑢七花。」

「嗯，相同的道理……」

咎女說道：

「日和號雖為人偶，卻也是一把刀，不也說得過去？」

雖生為人，卻也是一把刀──虛刀流。

雖為人偶，卻也是一把刀──日和號。

「四季崎記紀的中心思想，便是『非人使刀，而是刀造人』；就這一點看來，日和號可說是極有變體刀之風的變體刀啊！」

「死的都給妳說成活的了。」

七花啼笑皆非，不過反駁也只是白費功夫。

「那麼這把變體刀的特性又是什麼？」

第一把刀，絕刀「鉋」的特性是堅韌。

第二把刀，斬刀「鈍」的特性是鋒利。

第三把刀，千刀「鎩」的特性是數量。

第四把刀，薄刀「針」的特性是脆弱。

第五把刀，賊刀「鎧」的特性是防禦力。

第六把刀，雙刀「鎚」的特性是重量。

第七把刀，惡刀「鐚」的特性是活性力。

第八把刀，微刀「釵」的特性是——

「……應該是人性吧？」

咎女說道，但七花對這個答案並不滿意。

「我一點兒也不覺得它有人性。一有生人靠近，它便不分青紅皂白格殺無論，活像個——」

話說到這兒，七花猛省過來。

剛出不承島，與咎女開始旅行時的鑢七花，不正是如此？

認定了是敵人便殺，唯命是從，毫無覺悟，活像個機械一般。

「──啊，原來如此。」

「唉……其實我並不認為殺人是不合人性的行為，否定只是自欺欺人罷了。這個國家的歷史有大半是以殺人寫成的。」

「這麼一想，這個國家還真教人憂心啊……外洋的國家也都是這樣嗎？」

「外洋之事我不清楚，不過想必是相去不遠。」

「對了，有件事我一直想問，只是右衛門左衛門緊跟著咱們，我不好開口……否定姬是洋人吧？」

「哦？原來爾也學會看場合說話啦？其實爾大可直接詢問她本人。我不知道否定姬是否為洋人。我應該說過，那婆娘和我一樣出身不明；聽說有的日本人亦是天生金髮碧眼。」

「哦……這樣啊！」

否定姬和咎女一樣出身不明，不過七花卻知道咎女的來歷。

咎女乃是飛驒鷹比等之女，而飛驒鷹比等正是昔日的奧州霸主，今日的亂臣賊子。他帶兵造反，掀起了家鳴將軍家治世之下的唯一一場全國性叛亂，卻以失敗收場。

飛驒鷹比等死於戰亂之中，一家亦落得滿門抄斬，唯有一名少女僥倖逃過一劫。這名少女便是日後的奇策士咎女。

少女親眼目睹父親的首級落地，而砍下她爹首級的，正是虛刀流第六代掌門——鑢六枝。

目睹父親被殺，使得少女一夜白頭。

不，是少女棄絕了她的髮色。除了復仇以外，她棄絕了一切。

之後少女如何度日，咎女從未向七花提過，但不難想像她過的日子是多麼艱辛困苦。成功混入幕府之後，咎女仍然鬆懈不得，更何況還有否定姬這個稽覈官在一旁虎視眈眈。

「…………」

否定姬亦是年紀輕輕便位居高官，不知用了什麼手段？瞧她坐在上座，可見得地位還在咎女之上。

她雖被咎女鬥垮了好幾回，卻總能東山再起，重掌大權。

一旦失勢，要重建地位乃是難如登天；這個道理連七花都明白。

當然，否定姬並非故事中人，乃是個活生生的人物，自然與咎女一樣有其出身來歷。

——右衛門左衛門呢？

七花暗自尋思：他是否就如我知道咎女的出身一樣，也知悉否定姬的來歷？

「……爾從剛才便一再提起否定姬，如此關心她麼？啊！莫非爾變心了？爾居然偏偏去迷上那婆娘！」

「咎女，妳多慮了……」

沒想到咎女如此缺乏自信。

見咎女如此擔憂，七花反而感到不安。原來她根本信不過我嗎？

「她是咎女的天敵，我當然會關心了。」

「……沒變心就好。」

「說到這兒，我也挺關心真忍的動向。目前他們似乎謹守盟約，沒來土佐搗亂；鳳凰在薩摩也沒撒謊，不要湖真的有一把完成形變體刀。」

「嗯……不過我們可不能因此掉以輕心，他們畢竟是忍者。」

「不知他們現在在做什麼？」

「誰知道？八成又在跑龍套了吧？」

咎女又猜著了，只不過就時間點上，是數日後才會發生之事。

「真忍容易捉摸，只要多加提防便成；可是否定姬和妳同是幕府之人，反而不好對付吧？」

「不錯。對付那婆娘切忌操之過急，否則恐會被反將一軍。無論是真庭忍軍或是否定姬，都不是好相與的對手，我們還是專心於眼前的敵人吧！」

「眼前的敵人？」

「便是日和號。」

咎女說道：

「其實我早覺得微刀『釵』另有蹊蹺，所以得知人偶即刀，也不怎麼驚訝。」

「咦？這話怎麼說？」

「因為微刀在十二把完成形變體刀之中，是唯一刀名為三音節的一把。」

「三音節？」

「『絕刀』、『斬刀』、『千刀』、『賊刀』、『雙刀』、『惡刀』與剩下的『王刀』、『誠刀』、『毒刀』與『炎刀』俱是四音節，唯有『微刀』是三音節（註1）。」

「哦……原來如此，我之前都沒發現呢！」

七花點頭。

「的確是三音節。」

「十二把刀中唯有一把例外，往往是隱藏著某種暗示，所以我早猜測微刀與其他刀劍必有不同之處。」

「唔……」

雖然七花不以為然，不過事實即是如此，也只能肯定咎女的猜測了。

「這把刀叫做『釵』，我還以為和賊刀『鎧』一樣，是打成釵形的刀呢！」

「換湯不換藥的手法只會貽笑大方，自然用不得了。」

「……妳是在說四季崎記紀吧？」

1　此指日文發音。

真是段模稜兩可的對話。

「好，膾好了。」

咎女將筆擱在硯臺之上，高高揭起紙張，供七花觀視。

「爾瞧瞧，如何？」

「我不是說過了，平假名我看不——」

「蠢材，這是地圖。」

「地圖？原來妳在畫地圖？」

「嗯。」

說著，咎女將紙放回案上。

「這是不要湖的地圖。」

「哦！」

七花仔細一瞧，果然是不要湖的地圖。

與日和號照面之後，咎女二人又在不要湖停留了三天（當然，他們極為小心，並未進入日和號的攻擊範圍之內），摸清了不要湖的地理形勢，方能畫出這張地圖來。

「哦……原來不要湖從上空看來，便是這副模樣啊！……妳並未實際從上空觀看過，真虧妳想像得出來。比例正確嗎？」

「些許誤差是在所難免。這可是我的強項啊！我的三維空間掌握能力素來極高，否則豈能勝集刀大任呢？」

「嗯——」

這麼一提，與咎女旅行的這八個月來七花從未迷路過，即便是去了全無道路的因幡沙漠時亦然；唯一走不到目的地的便是蝦夷踊山那一回，但當時的情況乃是無可奈何。

能自由上下踊山的人極為有限，除了凍空一族以外，頂多就是真庭忍軍之流的忍者，以及……鑢七實。

正因為從未迷路，七花反而沒注意到咎女解讀地圖的能力有多麼高明。反過來想，或許她將眼見景物繪成地圖的能力也同樣出類拔萃。

「嗯……真是了得，不枉費我扛著妳四處察看。」

「嗯。」

咎女一臉滿意地點了點頭。

三月登出雲神社的千級石階之時，咎女曾怒斥七花扛人乃是傷風敗俗之舉，然而如今她已把此事拋到九霄雲外去了。

「話說回來……外頭這條線是不要湖的輪廓，這我還看得懂；可是湖裡這條彎彎曲曲的線是什麼啊？」

「爾也稍微動動腦子啊！當然是日和號的路徑了。」

「日和號的路徑？」

「便是它徘徊的路線。」

咎女說道。

七花聞言大吃一驚。

原來咎女在那三天之內竟也觀察了日和號的徘徊路線？

「不過……日和號的徘徊路線是固定的嗎？我還以為它是有路便走，沒路便折回來呢！」

「日和號走走停停，表面上看來是如此，實際上卻是循著相當精準的路徑行走。」

「就是說啊！我瞧它一會兒四處亂晃，一會兒又停下來曬太陽，完全搞不懂它想做什麼。」

「……好了，七花，看了這張地圖，爾可有發現什麼？」

「我完全看不出來。」

「爾如此蠢笨，真教我憂心……這可不是一句不諳世事便可帶過的。爾瞧！」

咎女指著地圖。

見狀，七花又開始擔心墨水未乾，弄黑咎女的指頭。

然而他的擔憂全是多餘，因為咎女所指的乃是筆墨未沾的空白部分。

「只要大略彙整一下日和號的路徑，便可發現它一直繞著這個地點打轉，是不是？」

「……？沒這回事啊！妳瞧這附近的路徑——」

「所以我說了，是大略。不要湖堆積了許多破銅爛鐵，自然無法走成一個精準的圓形。」

「哦！也對。」

七花恍然大悟。

仔細端詳地圖，果然可以發現日和號的移動路線有著一定的規則可循。正如咎女所言，日和號乃是繞著某個地點打轉。

「用不著我繼續說明了吧？」

「……？不，我還是一頭霧水……」

「……爾得多讀點兒書才成。待微刀得手以後，我會親自教導爾。」

咎女終於對七花下了最後通牒。

不過不懂的事便是不懂，無可奈何。

「四季崎記紀的劍窯在不要湖，而日和號——亦即微刀『釵』又是劍窯的守衛，因此我推測這個地點正是劍窯的所在之地。對於我的推測，爾可有不滿？」

「不，小的豈敢。」

七花的口氣變得謙卑至極。

咎女認為把話全說白了未免無趣，不過要求七花明白語帶保留的情趣，只是白費功夫而已。因為七花向來是個不解風情之人。

「是啊……四季崎記紀的劍窯便在不要湖的破爛平原之上，我本以為得費一番手腳才找得出來，原來可以從日和號的行動來推測位置啊！真不愧是奇策士！」

「被爾褒獎，也沒什麼好高興的。再說這並非奇策，而是推理。」

「推理？」

七花重複咎女之言。

「那麼妳的推理有多少把握？」

「我有八成把握，前提是四季崎記紀的劍窯確實在不要湖，而日和號的確是四季崎記紀的完成形變體刀之一——微刀『釵』。」

「可是……我不大會認地圖，這一帶咱們應該親眼瞧過吧？」

「是啊！不過相隔甚遠就是了。」

「但是我沒瞧見劍窯啊！」

「四季崎記紀是好幾百年之前的人，他的劍窯當然早埋在破銅爛鐵裡了。」

「啊……是啊！也對。」

這麼簡單的道理，饒是蠢笨如七花也該懂得的。七花心中暗自反省。

「這麼說來，得把劍窯挖出來了？」

「不錯。」

「人手夠嗎？」

「我不希望借助他人之力，免得洩漏情報。」

「…………」

咎女不可能幹這種粗活兒，換句話說，七花得自個兒去把劍窯給挖出來……？

七花感到渾身乏力。

「不過，挖掘劍窯得到有利情報的可能性雖然高，卻不是百分之百，說不定會以徒勞無功收場。說歸說，又不能放過這個揭開傳奇刀匠神祕面紗的機會——」

「可是就算要挖，有日和號在那兒也挖不成啊！只怕還沒挖到，就先被它那四條手臂給大卸八塊了。」

「嗯，所以即使找出了劍窯所在，也得先打倒日和號才能挖掘。」

「嗯。」

七花點頭。

管它是奇策還是推理，難懂的話題總算結束了——老實說，對於七花而言，這段時間著實難熬。

不過接下來要動武，可就是七花的專長了。

「上次只是要確定日和號是否為變體刀，所以我沒使上全力，但這回我可要放手一搏啦！」

「哦？放手一搏？」

「對，放手一搏。」

「爾放手一搏，要做什麼啊？」

「當然是放手一搏，把它打個稀巴爛——」

「嗟了！」

咎女大喝一聲，伸手捏了他大腿一把；雖然氣勢洶洶，攻擊方法倒是挺樸實的。

「爾的腦袋沒有記憶功能麼！日和號就是微刀『釵』，豈能毀了它！就連那個臭婆娘也不是真心以為我們會毀了日和號！」

「啊，嗯……對喔！」

雖然方才剛提過，可是話題一回到自己的專長上來，七花便心生鬆懈，竟然給忘得一乾二淨了。

「是啊……這回和以前的情況不同，刀的主人便是刀本身……勉強說來，和奪賊刀『鎧』時的校倉必一戰較為相近。」

賊刀「鎧」，防禦力天下無雙的甲冑形日本刀。

它是一件密不透風的西洋盔甲，與甲中人比武時，便如同與刀對打一般；不過盔甲中的校倉終究是人，禁不起摔，因此七花才能得勝。

然而這回的情況可不同，日和號便是刀，而它是人偶，並非人類。

「……微刀不如賊刀耐打，對我們而言又是個不利之處。賊刀挺得住些許攻擊——不，是挺得住任何攻擊；但微刀可不然。」

「說得也是。」

保護刀。

這是啟程集刀之前，咎女要求七花答應的第一件事。

但若刀本身便是敵人，又該如何是好？

咎女雖然處變不驚，可碰上了這種情況，卻也不禁大感意外。

「老實說……咎女，就算方才說的都不成問題，這回的仗對我而言仍是不好打。」

「不好打？怎麼，爾怕了？」

「倒也不是怕……不，或許算怕吧，至少是個顧忌，總之妳先聽我說便是了。不要湖這個地方，腳下不好活動。」

「…………」

一級災害區不要湖過去曾是湖泊，現在卻已被破銅爛鐵掩埋。

「那些鐵塊、木屑全是文明的產物，和我這個野孩子八字不合。」

「這點我倒沒想過。」

確實是個盲點。咎女點了點頭：

「是啊！爾雖擅於野戰，不過在破爛堆中比武並非所長。」

「沙灘及山裡都是我的天下，不過遇上這種扎腳的破爛平原，我可沒轍啦！」

「……不過這對日和號而言卻不成任何問題，因為它有四條腿，重心再穩不過了。」

「對，這又是個難處。」

七花說道。

比起腳下不好活動，這一點更為棘手。

「它有四隻手，四條腿。」

「這看了便知道啊！」

「我也不是傻瓜——不，我是傻瓜沒錯，可我很清楚自己的任務是什麼；所以我打從接近日和號的那一刻起，便不斷想像著與日和號交手時的狀況。」

「換言之，爾一直想著如何毀壞日和號……？」

「可以這麼說。手腳都比常人多出兩條的敵人著實不好應付，比方說……我和粉雪交手時，不是使了虛刀流的摔技『堇』，掃了粉雪一腳嗎？可是日和號有四條腿，我怎麼掃也掃不動啊！」

「哦……」

「還有，日和號的四隻手上都拿著刀；虛刀流的武功裡，有的是應付雙刀的招式，卻沒有應付四刀的招數。我雖能同時對付四個拿刀的敵人，卻沒想過該如何應付拿著四把刀的對手。」

「那倒是。」

「而且當我接近日和號時，它的頭居然一百八十度旋轉，一般人豈能如此？虛刀流的武功是用來對付人，可不是用來對付人偶的啊！」

「嗯……」

確實如七花所言。

即便是能以一雙「眼」學盡天下間武功技法的鑢七實，只怕也學不會日和號的招數。

畢竟——身體構造差距太大了。

「話說回來，它又不以眼睛視物，何必把頭轉過來？」

「或許四季崎記紀認為這樣才有人樣兒吧！」

「看在四季崎記紀眼裡，人是長成那副德行的嗎……？他的腦筋肯定有問題。」

七花說道。

咎女回道：

「的確有問題。這把刀哪兒是『微』，哪兒是『釵』，也教人莫名其妙。

好，七花，我明白爾的不安之處了。」

「倒也不是不安啦……」

「看來這回又得用上我的奇策了。嗯，好，我就來傳授爾這個楞小子一條錦囊妙計。其實爾希望我幫手，直說便成了，何必拐彎抹角？爾這小子也真可愛。」

「不──」

七花對著嘴上發著牢騷，神情卻顯得得意洋洋的咎女搖了搖頭。

「說到奇策，又是個問題。日和號是個機關人，對吧？」

「……？嗯。」

「換言之，它沒有思想及感覺，也不懂得思考，是吧？」

「爾東拉西扯，究竟想說什麼？」

「起先接近它的時候，我便發現了。當時的目的雖然只是確定日和號是否為變體刀，不過對手拿著刀，我可不敢掉以輕心；因此我和平時一樣，出了虛招來牽制它。」

七花一面回憶當時的狀況，一面說道：

「可是日和號見了我的虛招，卻沒有任何反應。」

「沒有反應？什麼意思？」

「它並非和姊姊一樣看穿了我的虛招，不為所動，而是完全不理會我的虛招。說來當然，日和號是個機關人，不懂得思考，出其不意、攻其不備的虛招對它根本沒用。」

日和號並不理會虛招，亦不注意動手的舉動，只對最後的攻擊產生反應；這和鑢七實的觀習可說是完全相反，但達到的境界卻是如出一轍。

日和號只是個人偶，修為卻與怪物無異。

「嗯……原來如此。這麼一來，罕為人知的虛刀流劍法也占不了便宜了。無論招數是名聞遐邇或默默無聞，簡單樸實或刁鑽古怪，對日和號皆無分別。」

「嗯，所以……」

七花點了點頭，說道：

「既然不能出其不意、攻其不備，咎女的奇策應該也行不通。」

「…………」

七花怕傷了咎女的自尊，刻意說得輕描淡寫，但咎女聞言卻沉默下來。

七花後悔自己失言，然而為時已晚。正當他想說些補救的話語時——

「呵呵呵！」

奇策士咎女突然冷笑起來。

「呵呵呵呵呵！」

「咎、咎女姑娘？」

「哈哈哈哈哈！我還真是被瞧扁了啊！想不到居然輪到爾來擔心我的奇策管不管用。爾的口氣倒是挺大！」

「可、可是這回的對手是沒有思想的人偶啊！」

「無妨。」

咎女止住了笑，正色說道：

「我素來靠著一己奇策行遍天下，無論對手是人類或人偶皆然。逆境苦境，於我皆如家常便飯。好，我便讓爾瞧瞧我的本領，好教爾不再瞎操心。爾看不懂平假名，是麼？」

說著，咎女再度提筆。

「那麼我便用畫的。」

「……有什麼我幫得上忙的地方嗎？」

見了咎女的神色，七花不敢胡亂說話，只得小心翼翼地問道。

「唔，這個嘛……」

聞言，咎女微微轉向七花，說道：

「爾就先抱緊我吧！」

五章

不要湖

■
■

在此整理一下勝利條件。

這回的不要湖之戰與先前數戰略有不同。過去幾戰的對手固然各異，不過只須「不傷及刀」、「打敗敵人」，便可完成任務。

然而這回敵人便是刀，自然無法在不傷及刀的狀況之下打敗敵人。若要打敗敵人，勢必得損及刀身。

咎女與七花雖是為了調查傳奇刀匠四季崎記紀的劍窯而來到不要湖，但真正的任務仍是集齊完成形變體刀，因此萬萬不能傷及日和號。

對七花而言，光是要應付一個四手四腳、身體構造異於常人的人偶便已棘手萬分（更何況所有虛招對這個人偶皆不管用），如今又加上這個限制，更是雪上加霜。

有何奇策可以突破這道難關？

數天後，咎女與七花離開了客棧，再度前往不要湖。

這一天天陰欲雨，正好是真庭忍軍十二首領之一跑完龍套，下臺一鞠躬之日。

■　■

「虛刀流——『薔薇』！」

仔細一想，除了不承島上的真庭蝙蝠之戰以及啟程之後的宇練銀閣之戰以外，七花經歷的所有戰役全都是循規蹈矩，按部就班。

三途神社的敦賀迷彩之戰。

巖流島的錆白兵之戰。

濁音港的校倉必之戰。

踊山的凍空粉雪之戰。

護劍寺的鑢七實之戰。

這五場比試皆有公證人在場，待公證人宣布比武開始之後，雙方方才動手，可說是光明正大，充滿了太平盛世的氣象（當然，擔任公證人的幾乎都是七花的同黨咎女，因此七花可說是占盡便宜）。不過這回可不一樣。

日和號是個人偶，沒有思想，自然不能和它談比武的規矩；勉強說來，七花進入日和號攻擊範圍的那一瞬間，便是比武開始之時。

七花以第七式「杜若」為起手式，直打日和號而去，施了記虛刀流前飛踢「薔薇」。

他脫去草鞋，換上木屐，解決了腳下不好活動的問題。當然，這個治標不治本的方法並非七花所想出來的，而是出自奇策士咎女之手。

即使換上了木屐，仍然無法改變不要湖顛簸難行的事實，不過至少能保七花的步法不因踩著了金屬片而停下來。

這回七花和踊山比武時一樣，不敢赤手裸足上陣。

「接著是虛刀流『百合』！」

日和號以四隻手擋住「薔薇」，然而七花並不氣餒，身子一轉，使了記迴旋踢「百合」，卻又被日和號的手臂擋下。

「人類・辨識。」

日和號說道。

不，它不會說話，只是如此發音而已。

「即刻・斬殺。」

「…………！」

好個固若金湯的銅牆鐵壁！果然如咎女所言。

「要殺我便放馬過來！不過屆時只怕妳已被大卸八塊！」

七花叫道，不過這回咎女自創的口頭禪實在不怎麼合襯；別的不說，光是以「妳」來稱呼一個人偶，便已教七花覺得渾身不對勁了。

「再接一招！虛刀流『鷺草』！」

七花施展的盡是腿上功夫，這會兒又是斜肩往下一踢，卻還是被日和號的手臂給阻擋下來。

擁有四條手臂的長處，便是每條手臂的防禦範圍極小，是以動作也能化為最小。

當然，擁有四條腿亦是一樣的道理；不，腿的好處甚至更在手臂之上。只要拿出一條來防守，剩下三條便可拄著地面，穩若泰山。

「虛刀流——『石榴』至『菖蒲』，混合連打！」

甫一著地，七花不再動腳，而是呼呼連擊數掌。與姊姊在護劍寺交手之後，他在混合連打之上更下了把功夫。

起初日和號尚能密不透風地抵擋七花的攻勢，然而待七花使到「菖蒲」之時，日和號的手臂與手臂之間卻出現了縫隙；只要抓住這個破綻，便能擊中日和號的身軀。

「……嘿，喝！」

然而七花卻硬生生地縮手，身子亦隨之一晃，險些往前撲倒，幸好及時站住了腳。

好險，好險。

七花大大地吸了口氣。

對日和號一戰，奇策士咎女囑咐了七花幾件事，第一件便是只准拳打腳踢，不准拋摔勾拐。

七花明白咎女如此叮囑的道理。七花自個兒也說過，日和號有四手四腳，摔技對它不管用，要使擒拿術亦是難上加難；一旦與日和號纏上，便等於是自動將一塊肥肉送上對手的嘴邊，要殺要剮悉聽尊便了。

然而抛摔勾拐不管用，並不代表拳打腳踢便能奏效。事實上，日和號防守之堅直教七花嘖嘖稱奇；它和身穿賊刀「鎧」的校倉必不同，完全是靠著一身精妙的技巧防得密不透風。

「不過……」

咎女站在日和號攻擊範圍的兩倍距離之外，一面旁觀七花與日和號打鬥，一面喃喃說道：

「它越是守得密不透風，於我越是有利。既然不能傷及刀身，日和號能保護自己，自是再好不過了。」

咎女囑咐七花的另一件事，便是攻擊不可及於日和號的頭部及身軀。

換言之，七花使出的所有招式都得讓日和號用四隻手與四條腿擋下來才成。

「……嗯。」

七花停下了排山倒海的攻勢，與日和號拉開些許距離。

嗯，情況不壞，全照計畫進行。

「話說回來，咎女也真了得。既然不能傷害對手，就讓對手自行防禦……

這麼一來，我便能放膽進攻。她果然是個魔鬼，竟連沒有思想的人偶都要利用。」

「我聽見了！」

咎女從遠處喝道，看來七花自言自語的聲音太大了。

不過這回縱使七花的嗓門再大，反正日和號是個人偶，聽也聽不懂。

……反過來說，也代表咎女無法與它談判。

「好險，我的『菖蒲』差點兒打中了日和號的身軀。」

不准攻擊頭部及身軀——想當然耳，虛刀流第四絕招「柳綠花紅」雖然亦是拳腳上的功夫，卻不能使用。

咎女對七花說明道：日和號乃是人偶，手腳等末端部位不過是零件，隨時可以替換；運作日和號的機關乃是位於頭部及軀體之中，手腳只是聽令行事罷了。

這是人類所沒有的優點。人的手腳負傷並不能取下更換，但人偶卻可以。

所以七花大可放膽攻擊手腳。手腳部位可以替換，即使毀了也能補救，無礙於集齊四季崎記紀的完成形變體刀！

「不過虛招不管用果然麻煩。我已經使慣了虛招，明知無用，緊要關頭還是會使出來。」

一出無用的虛招，往往造成七花的破綻；不過這倒好，因為七花須得讓日和號擋下所有攻擊。

「反擊・開始。」

一路防守的日和號突然說道，轉守為攻。

「人偶殺法・龍捲風。」

日和號的四條手臂分由四個方位砍來。

它手上的四把刀並非四季崎記紀所鑄，只是可以更換的零件；不過虛刀流可沒有對著四條手臂空手入白刃或破壞兵刃的招數，七花只能暫避其鋒。

「人偶殺法・旋風。」

這回日和號四劍齊進，七花仍是閃避。

「人偶殺法・巨風。」

日和號兩條後腿頂地，兩條前腿卻交錯抬起，使了記沒飛起的飛踢。這說法雖然矛盾，用在人偶身上卻是理所當然。

七花騰空躍起，勉強躲過了這記沒飛起的飛踢。

正當此時——

「人偶殺法・鏢風。」

日和號的嘴部突然冒出了一把刀，如槍一般朝著七花直射而來。

「唔，哎唷喂呀！」

七花踩著日和號的腳，於空中硬生生地變了個姿勢，避過了刀。他雙手撐地，身子一扭，方才著了地。

飛出的刀又收回了日和號的身體之內。七花暗叫驚險：原來竟然有這種機關？

沒想到日和號的嘴巴裡竟然飛出刀來，不過——

「其餘的皆如咎女所料，是吧？」

這回他不是自言自語，而是對著咎女說話。

「那當然。」咎女得意洋洋地挺起胸膛，說道：

「雖然我的眼力不如爾的姊姊，可還是利得很。只要見了外側的構造，便能看出日和號如何動作，有何動作。」

不過看人就不準啦！咎女不忘小聲地加上這麼一句，又續道：

「機械是很老實的，表裡如一。」

咎女在客棧裡繪給七花看的，便是日和號的構造。日和號如何動作？手臂能打多彎，腿能抬多高？頭能轉一百八十度，那麼身體又能怎麼動？嘴能張得多開？如何揮動刀劍？只要是從外觀上看得出來的，咎女全都繪成畫像，指點七花。

這全得歸功於她高超的畫技。

咎女花了三天時間觀察日和號的徘徊路線，並不是白費功夫。她無須細量，便能繪製地圖；分析日和號於她而言，自然是易如反掌。

當然，外觀上看不出來的——比如方才的「人偶殺法・鏍風」乃是體內的機關，咎女自然無從分析；而即便咎女看得出來，也不懂得如何閃躲。有了鑢七花這把刀，咎女的「慧眼」才有用武之地。

「我都畫了圖，爾還得費上數天才能瞭解……也罷。」

這亦是一種套路。

七花與涷空粉雪交手之時，套路便是個重大關鍵。虛刀流沒有應付四手四

腳之人的「套路」，然而日和號天生便是四手四腳，所使的「套路」亦是四手四腳所編排而成，而這一點便是輸贏的關鍵。

這就好比右撇子對上左撇子時一樣，怎麼打就是不對勁。雖然這個例子的難度完全不同，或有引喻失當之處，卻是個淺顯易懂的好例子。這便是未知與已知的差別所在。

然而日和號乃是機關人，知悉對手的套路與否並不影響它的戰法，一加一減之下，於七花便更為不利了。

只不過奇策士咎女卻反其道而行，來了個反向思考。

虛招不管用，對於七花而言確是個不利條件；不過反過來說，日和號也不會使用任何虛招。

人偶不懂得出其不意，攻其不備；日和號固然施展過複雜刁鑽的招式，但那不過是照著早已灌輸好的命令動作而已。只要明白這一點，七花與日和號便是立於同等條件之上。

既然日和號不用虛招，便能預測它的「套路」。

預測「套路」乃是七花的差事，同樣得花費功夫；但這功夫並沒白費，七花與日和號打得平分秋色，不分軒輊。

「虛刀流——『木蓮』！」

「人偶殺法・暴風。」

「虛刀流——『櫻桃』！」

「人偶殺法・沙暴。」

「虛刀流——『野莓』！」

「人偶殺法・颱風。」

…………

…………

…………

不錯，咎女與七花費盡心機，好不容易才和日和號打得平分秋色；至於要占得上風，便是難如登天了。日和號並無限制，但七花卻不能攻擊日和號的頭部及軀體，可說是綁手綁腳。

眼見招式就要打中零件以外的部分，七花便得立時收招；如此一來，縱使七花把日和號的「套路」摸得再透，總有讓日和號打中的時候。

這種打法宛如慢性自殺，七花表面上與日和號打得不分軒輊，實際上卻是任它宰割。

想當然耳，咎女的奇策豈會出這等紕漏？她早已料到了後續發展，只是要等到這個後續發展發生，也得要七花的氣力捱得到那個時候才成。

只是奇策士咎女畢竟不比鑢七實，看不出七花的氣力能撐到幾時。她不懂武藝，自然無從判斷。

她與鑢七實不同，不能透視大局，只能信任鑢七花，默默旁觀。

■■

現在來個算不上慣例的回想場面。

虛刀流第七代掌門鑢七花回想起他啟程集刀之前的事。

當時七花的父親鑢六枝還在人世，是以七花尚未接任第七代掌門；他便如一把日本刀，在無人島上日日淬鍊，從未間斷。

「聽好了，七花。」

虛刀流第六代掌門鑢六枝說道：

「我是刀。」

這番話便如口頭禪，時常掛在鑢六枝的嘴上。

「你也是刀。」

七花默默地聽著他最尊敬的父親說話。

這番話他已經聽了十九年。

「刀不砍人便失去了意義——這是你最該放在心上的一件事，其他的事都不值一提。你只須和從前的我一樣，當一把鋒利的刀即可。」

如今的七花明白，這番話便是要他心如木石，不去思考，不帶情感，因為刀不該有思想。

鑢六枝還來不及將虛刀流的精義全數傳授給七花，便已離開人世；但是七花仍是虛刀流門人，仍是一把日本刀。

四季崎記紀的第八把完成形變體刀——微刀「釵」日和號，乃是個沒有思想的機關人。

當七花實際與日和號交手之後，他發現原來日和號便是從前的自己，從前那個無覺悟，無決心，無所捨，沒有正義，沒有原則，沒有野心或復仇心，毫無主見，一味聽命行事的鑢七花。

七花殺人毫不遲疑，連下令殺人的咎女見了都覺得異常。

其實七花沒有的不是遲疑，而是思想。說來當然，刀何須思想？

刀選擇主人，卻不選擇砍殺的對象，因此七花也安於當一把殺人不眨眼的刀。

當一把殺人不眨眼的刀，固然令七花變得更強悍，卻也令七花變得更脆弱。倘若七花仍只是一把刀，上個月必然勝不過姊姊。

不錯。我和爹雖然同為刀，卻是截然不同的人。

「人偶殺法・鐮風。」

日和號沒有任何思想或企圖，只是照著數百年前輸入的指令發動攻勢而已。

七花一面應敵，一面暗自想道：唉！原來我從前便是這副德行，瞧瞧我幹過的好事！

真庭蝙蝠、宇練銀閣、敦賀迷彩、錆白兵，這四人和形同機關人的我交手，定然無趣得緊吧！

日和號發現七花時，曾說道：「人類・辨識。」是嗎？在我看來，妳只是把刀，但妳卻認為我是人？

「虛刀流——『鏡花水月』！」

七花斟酌勁道，使出了虛刀流最快的絕招；待日和號擋下之後，他又拉開了距離。

眼下七花呼吸急促，滿身大汗，直要喘不過氣來。

說來也難怪，他和日和號已打了半刻鐘左右，這半刻鐘裡他且攻且防，毫不停歇，饒是有無窮的氣力也難免感到疲累。

然而日和號卻是氣息不紊，半滴汗水未流。

此亦當然，日和號原本便無呼吸，也不具備流汗機能。

這便是人類與人偶的差別。

但七花不能稍作歇息，因為咎女命他與日和號打到氣力耗盡為止。

換作從前的七花，定是二話不說，依命行事，將所有後果交由咎女一人承擔；然而現在的鑢七花不同，他是因為信賴咎女，方才聽命行事。

咎女相信我，我也得相信她。

縱使身死，所有後果由我一人承擔！

「…………唔？」

當七花做好覺悟，下定決心，朝著日和號衝去之際，他發現日和號有了異狀。

日和號將手上的四把刀丟在破銅爛鐵堆成的平原之上。

「……？妳這是什麼意思？」

七花明知問了也沒用，但面對外型與人相仿的日和號，還是忍不住問了。

果不其然，日和號並無反應；不，一瞬間，七花還以為它有了反應，因為它竟微微點了點頭，但這一點並非為了回答七花的問題。

不過就結果而言，倒是回答了七花的問題。

日和號丟下刀劍，空出手來，接著便四手撐地倒立，將下半身高高抬起。

換言之，它變了個以手代腳的姿勢。

日和號的眼睛落到低處，目不轉睛地凝視著七花；不對，日和號的眼睛無法視物。

「微刀・釵。」

它發出了鐵一般冰冷的聲音：

「人偶殺法・微風刀風。」

說時遲那時快，日和號上舉的四條腿開始迴旋。

它轉的可不止一百八十度。三百六十度、七百二十度、一千四百四十度——一圈、兩圈、三圈，轉了一圈又一圈，初時速度尚緩，卻漸漸加速，變得越來越快。

「……………！」

這下子七花也不得不後退了；不，或許是迴旋造成的強烈風壓將七花給逼退的。

接著日和號竟將撐地的四條手臂一彎，高縱至半空之中，遲未落下，直教人懷疑它手臂裡是否裝了強力發條。

七花的親生姊姊鑢七實從真庭忍軍十二首領之一真庭蝴蝶身上偷學的忍法足輕確實可消除物體重量，但日和號的情況並不相同。日和號是人偶，豈能用忍法？

日和號乃是憑著自身之力飛行，它的四條腿高速迴旋，產生浮力，宛若童玩竹蜻蜓似地飛到七花全力縱躍亦不可即的高空之中，

這便是微刀「釵」的祕招——微風刀風。

裝在日和號裡的不是發條，而是翅膀。

日和號把下半身當成了螺旋翼，取得了居高臨下的優勢。只要瞧瞧虛刀流的絕招「落花狼藉」，便可明白空中攻擊的效果有多大。

難怪日和號要丟棄手上的四把刀了。它的螺旋翼便是宰割敵人的利刃。

日和號為了突破眼前的膠著狀態，便依照數百年前的指令，使出了最後的殺手鐧。

「喂喂喂……不會吧？」

七花鐵青著臉仰望浮在空中的機關人，又轉頭望向咎女，說道：

「居然連這個都被妳說中了。」

想不到日和號真能飛天。

聞言，咎女回道：

「一看便知。人偶和人類不同，表裡如一。」

咎女顯得感觸良多，而她語音未落，空中的日和號便又有了異變。

不，那不是異變，而是異常。

日和號旋轉的四條腿突然毫無預警地停了下來。它並非如開始旋轉時一般逐步停下，而是驟然停止，宛若截下了一瞬間的畫面一般。

想當然耳，仗著迴旋浮力飛天的日和號便化為尋常無奇的物體墜落地面，未曾掙扎，亦不曾哀叫一聲。

「唉！費了不少時間。」

奇策士一面確認腦中的時鐘，一面說道：

「總算把燃料耗完啦！」

■　■

氣息不紊、汗水不流的日和號雖是個不知疲勞為何物的人偶，卻會耗費燃料。無論微刀「釵」日和號的機關構造為何，既然它是個人偶，便得依靠動力來動作。

守著不要湖數百年的人偶日和號，依靠的是何種動力？

早在尚未開始集刀之前，咎女聽聞一級災害區不要湖中有個古怪的機關人四處徘徊時，便想過這個問題；當時她並未想出答案來。

總不可能是自行上發條吧？日和號見人即殺，動力充沛，想必是另有來源；可是咎女左思右想，就是想不出來源為何。

然而，當咎女得知日和號乃是四季崎記紀所造的變體刀後，心中便有了底兒。

上個月鑢七實使的完成形變體刀惡刀「鐚」亦給了咎女提示。惡刀「鐚」刀身上帶有電氣，能夠活化主人的生命力；以此類推，或許日和號亦是借助自然之力動作。

而那自然之力即是太陽。

日和號於不要湖徘徊，時走時停，咎女費了一番功夫才摸清它的移動路徑。

說來湊巧，七花曾形容日和號「一會兒四處亂晃，一會兒又停下來曬太陽」；而日和號確實是將陽光轉換為動力。

既然如此，要對付它便極為簡單——只須選在陰天動手即可。選在日落之後動手亦是個辦法，不過七花和日和號不同，是得靠眼睛打鬥的「人」，晚上不好施展身手，因此咎女只得退而求其次，選在陰天行動。咎女等的乃是天陰欲雨之日。等待期間，她便趁機以畫為輔，對七花解說日和號的構造。

而今天正是她等候已久的良機。

今日天氣陰沉，烏雲蔽日，日和號無從補給動力；即便能夠，亦是杯水車薪，無濟於事。只要日和號持續劇烈活動，不久後燃料必會耗盡。

因此咎女才命七花不停進攻，為了便是不讓日和號歇息。日和號的四條腿能夠充作螺旋翼，早在咎女的預料之中；她巴不得日和號能趁早使出這招。

只要日和號使出此招，動力便消耗得更快，燃料自然亦會提早耗盡。

這場比武比的可說是耐力——看是七花的氣力先耗盡，還是日和號的燃料先耗盡。如此一來，便可不傷及完成形變體刀而回收日和號，完成集刀大任。

「唔……待它停下來以後仔細一瞧……」

七花抱住停止活動的日和號，望著它的臉說道：

「它長得還挺標緻的嘛！四季崎記紀喜歡這一味兒的？」

將耗盡燃料墜地的日和號接住，便是七花這回最後的差事；雖然千鈞一髮，不過總算是不負使命。日和號的身軀比外表看來輕上許多，似乎是個輕型人偶。仔細一想，日和號可以飛天，設計時自然是以量輕為務了。

又或許是這幾百年來的活動令它多所耗損，方才變得如此輕盈。

「如果它又曬了太陽，是不是又會開始活動？」

「那當然，它並沒壞。套它的人偶殺法來形容，現在只是一時的『風平浪靜』。」

見打鬥結束，咎女便來到七花身邊，一面檢查日和號，一面回答七花的問題。

「所以得趁現在拆下啟動裝置……不知道裝在什麼地方？也罷，只要先把手腳拆下來，便可保暫時安全無虞。」

「要拆它的手腳啊？怪可憐的。」

「傻瓜，何必對人偶產生感情？縱使它有著一張人臉，仍是完成形變體刀之一微刀『釵』啊！」

咎女嘴上勸解七花，神色卻有些尷尬，手上不住地把玩垂肩的白髮。

「唉！不過要論對刀產生感情，我也沒資格非議他人便是了。」

「唔？」

「東風徐起送梅香，無主寒梅莫忘春——」

咎女輕撫日和號的臉龐，引了首拾遺和歌集之中的詩歌。

「打造者已死，主人不在，這個人偶卻還守著不要湖數百年，確實該獎勵幾句。」

說著，咎女輕輕闔上日和號的眼。

「妳是個值得敬佩的敵手。」

終章

■■

奇策士咎女於不要湖擊敗破爛公主日和號，成功奪得四季崎記紀所鑄的十二把完成形變體刀之一微刀「釵」；四天後，消息傳到了尾張。

當然，否定姬也收到了這個消息。早在咎女的奏章及拆解過後的日和號送回尾張城，消息流傳開來之前，否定姬便已得知此事；不消說，通風報信的正是左右田右衛門左衛門。

「聽說微刀『釵』啊……」

否定姬啪一聲打開鐵扇（依照慣例埋怨右衛門左衛門覆命太遲之後），對天花板上的右衛門左衛門說道：

「是四季崎記紀仿造他生前最愛的女子而鑄的，實在好笑。」

「屬下以為……」

右衛門左衛門答道：

「這事並不可笑。」

「唔？哦？你否定我說的話？很好，你越來越懂得如何討我歡心了。」

否定姬格格笑道。

其實否定姬是個不笑的時候便徹底冷著臉皮的女人，不過眼下她心情大好，笑得格外開懷。

「『釵』字暗指女子，微刀則是取美刀的諧音（註2）。四季崎記紀大概是不好意思直接替刀冠上『美』字吧！日和號乃是以人性為重點鑄成的刀，沒想到反成了唯一一把展現四季崎記紀人性的刀。哈哈！」

「…………」

「你也笑一笑啊！老是死氣沉沉的，你是死人麼？」

「不……屬下還是以為這並非可笑之事。」

「是麼？不過挺噁心的啊！居然去仿造心上人的模樣造了個人偶，真是蠢得可以。」

否定姬闔上鐵扇。

2　日文微、美同音。

她並未瞧上天花板一眼，反而凝視著空無一人的正面。

「話說回來，那個惹人厭的婆娘果然聰明，竟能看出日和號的構造。縱使有惡刀『鐚』這個前例在，畢竟這個時代尚無太陽能電池的概念，真虧她想得出來。不過日和號這個名字倒也洩了底便是了。好了，那個惹人厭的婆娘呢？先把日和號和奏章送回來，自己則另行回朝？」

「不，他們似乎直接啟程，去找下一把刀了。」

右衛門左衛門回答：

「下一把刀應該是在出羽的天童。」

「哦？是麼？也對，都到那一帶了嘛！她在不要湖可有發現四季崎記紀的劍窯？」

「有，是虛刀流掌門獨力挖出來的。」

「那婆娘還真會折騰人，怎麼不學學我呢？」

「……想必他們是在劍窯裡得到了某些情報。除了炎刀『銃』以外，要得到其餘刀劍的情報不無可能；他們沒回尾張，直接前往天童，想必也是因為這個緣故。真庭忍軍十二首領之一——真庭忍軍的實質頭兒，『神禽鳳凰』真庭鳳凰在結盟之後曾透露了三把變體刀的所在之處，一在死靈山，一在不要湖……最後一處便是天童；看來奇策士是不願盡信真庭鳳凰的情報，方等到今日才行動。」

「天童啊……」

否定姬點頭。

「在那兒的哪把刀？我忘了。」

「……是王刀『鋸』。倘若日和號是公主，那把刀便是王了。」

「用不著說得這麼矯揉造作，真噁心。王刀啊？多少得費點兒手腳，不過那婆娘定能奪到手的。只要別發生意外……」

否定姬閉目思索。

「……主子？」

見主人突然不語，右衛門左衛門滿心疑惑地出聲叫喚，然而否定姬並未回答，仍是一聲不吭。

片刻過後，她猛然睜開眼睛，說道：

「……我想了一想，還是很礙事。」

「礙事？您是說屬下？」

「你什麼時候不礙事了？我是說真庭忍軍——真庭忍軍和奇策士的同盟。他們結了這個盟，讓今後的發展變得難以預測。」

「可是您不是說過不必理會真庭忍軍嗎？」

「我是說過，不過我要否定過去的自己。一來是我太小覷他們，二來你殺了真庭海龜，教我興頭也跟著來了。引發意外的可能性，還是盡早消除為宜。真庭忍軍十二首領還剩下三個人是吧？」

否定姬說道：

「好，那我就暗中助那個臭婆娘一臂之力吧！」

「咦……？」

「我想到一個壞主意啦！」

否定姬對天花板上的右衛門左衛門令道。她的語氣一派輕鬆，彷彿只是要差遣右衛門左衛門去市集採買一般。

「你去暗殺真庭鳳凰吧！」

■■

四季崎記紀所鑄的十二把完成形變體刀尚餘四把未集得。

王刀「鋸」。

誠刀「銓」。

毒刀「鍍」。

炎刀「銃」。

咎女將千把變體刀收歸尾張幕府家鳴將軍家之下的企圖即將成功，然而在暗處裡，卻有另一場龍爭虎鬥即將展開。

真庭忍軍對上相生忍軍。

忍者對上從前的忍者。

真庭鳳凰對上左右田右衛門左衛門——

這場挾著一百七十年前恩怨的決鬥，自然又將帶出否定的發展。

（微刀・釵——得手）

（第八話——完）

（第九話待續）

登場人物介紹 ち

日和號

年齡	不詳
職業	守衛
所屬	無
身分	機關人
所有刀	微刀『釵』
身長	六尺八寸
體重	一百零九斤四兩
興趣	無

必殺技一覽

龍捲風	⇦（聚氣）⇨斬
旋風	⇩ ⬂ ⇨斬
巨風	⇦（聚氣）⇨踢
驛風	⇦（聚氣）⇨突
暴風	⇧ ⬀ ⇨斬
沙暴	⇧ ⬀ ⇨斬＋突
颱風	⇦ ⬁ ⇧ ⬀ ⇨斬＋突
鐮風	⇩（聚氣）⇧突
微風刀風	⇧（聚氣）⇩斬＋突＋踢

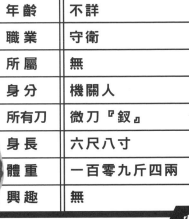

下回預告

交戰對手	汽口慚愧
蒐集對象	王刀・鋸
決戰舞臺	出羽・將棋村

後記

我口才不好，不知該怎麼說才貼切，姑且不加修飾，把腦中所想的原原本本地說出來。每回看到或體驗「命令過時」的狀況時，心中總會覺得萬分無奈。舉個具體的例子來說明吧！比如預錄電視節目，我設定好錄影機，錄下每個禮拜播出的連續劇；這齣連續劇播出了最後一集，圓滿落幕，到了下星期，改播另一個毫不相干的連續劇，但錄影機還是一板一眼地將其錄下來。錄影機為了我如此鞠躬盡瘁，我當然很高興；不過那個命令已經過時啦！又比方棒球轉播時間延長，連續劇延後三十分鐘播出，但錄影機還是照著原來的時間錄影，結果劇情正精彩時，錄影便結束了。錄影機替我錄連續劇，我當然很高興；不過情況有變，那個命令已經過時啦！我舉的例子較為家常，不過命令過時與否，有時甚至會影響整個世界，因為一個陰錯陽差而發展成殺戮爭戰的情況也不在少數。問題的核心已然改變，卻因為訊息傳遞不周而造成悲劇，後果可不是一句無奈便能了結。這麼一想而得出的結論，便是「機器的確了不起，不過能自行思考並付諸行動的人類也很了不起」，似乎又顯得太淺薄了一點兒。或許人自以為是自行思考，其實只是遵照從前接收的命令——換個說法，即是本能——行事而已。一味抗拒本能不見得好，有時候即使想抗拒也無從抗拒，頂多只能在能力範圍之內盡力而為而已。或許這便是人的自由幅度吧！

本書為刀語第八卷。全書共計十二卷，第八卷結束，代表劇情正好走完了三分之二，朝著終幕前進。這回的江戶篇與先前的幾卷色彩不同；老實說，剛開始寫第一卷時，我根本沒想到能寫到這兒，看來只要有決心，還是能克服萬難的。但願我能保持這個步調，直到最後一卷。我能堅持到此刻並鬥志高昂地迎接剩下的路程，全賴竹所繪的插圖；我會善用剩餘的時間，用心寫完接下來的每一卷小說。

還剩下四卷！

西尾維新

本書乃應十二個月連續刊行企畫『大河小說 2007』所寫下之作品。

浮文字

刀語 第八話 微刀・釵

（原名：刀語 第八話 微刀・釵）

作者／西尾維新　插畫／take　譯者／王靜怡
執行長／陳君平　榮譽發行人／黃鎮隆
協理／洪琇菁　國際版權／黃令歡
執行編輯／呂尚燁　美術編輯／李政儀
企劃宣傳／洪國瑋
發行／英屬蓋曼群島商家庭傳媒股份有限公司城邦分公司　尖端出版
台北市中山區民生東路二段一四一號十樓
電話：（〇二）二五〇〇—七六〇〇（代表號）
傳真：（〇二）二五〇〇—一九七九
中部以北經銷（含宜花東）／楨彥有限公司
電話：（〇二）八九一九—三三六九
傳真：（〇二）八九一四—五五二四
雲嘉經銷／智豐圖書股份有限公司　嘉義公司
電話：（〇五）二三三—三八五二
傳真：（〇五）二三三—三八六三
南部經銷／智豐圖書股份有限公司　高雄公司
電話：（〇七）三七三—〇〇七九
傳真：（〇七）三七三—〇〇八七
一代匯集／香港九龍旺角塘尾道六十四號龍駒企業大廈十樓B&D室
電話：（八五二）二七八三—八一〇二
傳真：（八五二）二七八二—一五二九
馬新經銷／城邦（馬新）出版集團　Cite(M)Sdn.Bhd.
E-mail：Cite@cite.com.my
法律顧問／王子文律師　元禾法律事務所
北市羅斯福路三段三十七號十五樓
二〇二二年九月二版一刷

■中文版■

郵購注意事項：
1. 填妥劃撥單資料：帳號：50003021戶名：英屬蓋曼群島商家庭傳媒(股)公司城邦分公司。2. 通信欄內註明訂購書名與冊數。3. 劃撥金額低於500元，請加附掛號郵資50元。如劃撥日起 10～14日，仍未收到書時，請洽劃撥組。劃撥專線TEL：(03) 312-4212 ・ FAX：(03) 322-4621。E-mail：marketing@spp.com.tw

國家圖書館出版品預行編目資料

刀語 / 西尾維新 著 ; 王靜怡譯.-- 2版.
--臺北市：尖端出版, 2022.09
面 ; 公分.--(浮文字)
譯自:**刀語**
ISBN 978-626-338-406-4 (第1冊 : 平裝)
ISBN 978-626-338-407-1 (第2冊 : 平裝)
ISBN 978-626-338-408-8 (第3冊 : 平裝)
ISBN 978-626-338-409-5 (第4冊 : 平裝)
ISBN 978-626-338-410-1 (第5冊 : 平裝)
ISBN 978-626-338-411-8 (第6冊 : 平裝)
ISBN 978-626-338-412-5 (第7冊 : 平裝)
ISBN 978-626-338-413-2 (第8冊 : 平裝)
ISBN 978-626-338-414-9 (第9冊 : 平裝)
ISBN 978-626-338-415-6 (第10冊 : 平裝)
ISBN 978-626-338-416-3 (第11冊 : 平裝)
ISBN 978-626-338-417-0 (第12冊 : 平裝)

861.57 111012170